Yumi Sudo

Was bleibt von unseren Träumen?

Inhalt

#1

2018, SPÄTHERBST

* »DAINANAN KANKAI HOKO« (1933) VON MIDORI OSAKI; DT. ETWA: STREIFZÜGE IM REICH DES SIEBTEN SINNES (IN DT. NIE VERÖFFENTLICHT, IN ENGL. ALS »WANDERINGS IN THE REALM OF THE SEVENTH SENSE«)

…
OH.
ERIKO.
DAS KLEINE MÄDCHEN IST WIEDER HIER.
ERIKO.
DAS KLEINE MÄDCHEN IST HIER.
HAST DU IRGENDWEL-CHE SÜSSIG-KEITEN?
…

ACH…
DU MEINST RIRI? SIE HAT DOCH EINE EIERALLERGIE, ABER REISCRACKER WÜRDEN GEHEN.
ACH JA…
REISCRACKER
ES IST MIR SCHON WIEDER PASSIERT…
ICH WILL PUDDING…
RIRI-CHAN, DAS VERTRÄGST DU NICHT.
WÄÄÄH!
NEEEEIN! ICH WILL ABER PUDDING!
WENN DIE ALLERGIE SICH AUSWÄCHST, KANNST DU IRGENDWANN VIELLEICHT WIEDER WELCHEN ESSEN.

BAMMS
HÄH? WAS IST MIT DEINEM FINGER?
WIE?
ACH, DAS...
ICH HABE IHN IM KRIEG VERLOREN.
IM... KRIEG?
JA, IM KRIEG.
ALS ICH EIN KLEINES MÄDCHEN WAR, GAB ES HIER IN JAPAN EINEN GROSSEN KRIEG.
DIE FEINDE HABEN MIT FLUG-ZEUGEN BOMBEN ABGEWORFEN UND MIT GEWEHREN GESCHOSSEN...
...
HMMM.
DIESE GESCHICHTEN VERSTEHST DU WOHL BESSER, WENN DU GRÖS-SER BIST.

DAS WAR LANGE, LANGE ZEIT, BEVOR DU GEBOREN WURDEST, RIRI.
OMA HAT MICH SCHON WIEDER MIT DIR VERWECHSELT, MAMA.
ABER KEIN WUNDER, IN IHREM ALTER.
ERIKO
SAHST DU MIR FRÜHER WIRKLICH SO ÄHNLICH?
TJA...
JA, ICH SAH DIR SEHR ÄHNLICH.
OMA HAT KAUM KONTAKT ZU ANDEREN LEUTEN UND MÖCHTE AUCH NICHT INS ALTERSHEIM.
ES IST SICHER NICHT GUT, STÄNDIG NUR ZU HAUSE ZU SEIN.

DAS WAR FRÜHER ANDERS. DA GAB ES DIESE FREUNDIN, MIT DER SIE OFT VERREIST IST.
SIE BEKOMMT DOCH NOCH JEDES JAHR EINE NEUJAHRSKARTE VON IHR.
WIE HIESS SIE NOCH MAL?
DAS WUSSTE ICH GAR NICHT…
ACH, ÜBRIGENS!
ICH WERDE MIT EINER FREUNDIN ZUSAMMENZIEHEN, MAMA.
WAS?
UND WAS IST MIT MIT RIRI?
RIRI KOMMT NATÜRLICH MIT.
MEINE FREUNDIN IST AUCH GESCHIEDEN UND HAT EIN KIND. ZUSAMMEN WIRD ES FÜR UNS BEIDE EINFACHER.
WIR HABEN SCHON EINE SCHÖNE WOHNUNG GEFUNDEN UND WÜRDEN ES GERNE SCHNELL ENTSCHEIDEN.
EINE WOHNUNG IST NOCH KEIN ZUHAUSE, ANNA…
GIBT ES DENN KEINEN NETTEN MANN IN DEINEM LEBEN?
NEIN, GIBT ES NICHT.
UND ICH WILL AUCH NIE WIEDER HEIRATEN!
ER HAT WEDER BEIM HAUSHALT NOCH BEI DER ERZIEHUNG GEHOLFEN, ER WAR IMMER NUR MIT SEINEN SPIELEN BESCHÄFTIGT.
ALLES HAT ER MIR ÜBERLASSEN.
JA, DAS STIMMT WOHL…

ICH HABE NUR MANCHMAL DEN EINDRUCK, DASS SICH HEUTZUTAGE JEDER SOFORT SCHEIDEN LÄSST, WENN ES SCHWIERIGKEITEN GIBT.
ABER ICH BIN JA FROH, DASS ICH MEINE ENKELIN SO OFT SEHE.
ENTSCHULDIGUNG.
SITZT DU IMMER NOCH SO GERNE IM DUNKELN...
IST FRAU KIYOKO ITO VIELLEICHT HIER?

… KIYO-CHAN?
HALLO! LANGE NICHT GE-SEHEN.
HEY…
DU HAST MICH IN DER ZWISCHENZEIT DOCH NICHT VERGESSEN, ODER?
ICH BIN ES DOCH, MITSU SO-NODA…
…
KI… KIYO…

SELBST WENN ICH WOLLTE... WIE KÖNNTE ICH DICH JE VERGESSEN, MICCHI.
DU BIST DOCH NOCH GENAU WIE FRÜHER.
ACH, ICH HABE EINIGES HINTER MIR. ICH HATTE MAGENKREBS UND HERZ-KRÄMPFE...
NACH DER OP DACHTE ICH, ES WÜRDE BESSER, ABER DANN BIN ICH GESTÜRZT UND HABE MIR DEN ARM GEBRO-CHEN.
IST DENN JETZT ALLES GUT?

ES FEHLT MIR NOCH ETWAS AN KRAFT, ABER DAS WIRD SCHON WIEDER.
ABER SAG MAL.
SEIT WANN BIST DU DENN UROMA? DA LASSE ICH DICH MAL KURZ AUS DEN AUGEN, UND SCHON IST DEINE ENKELTOCHTER ERWACHSEN UND HAT EIN KIND.
DEINE URENKELIN HEISST RIRI, ODER?
UND SIE IST SCHON FÜNF JAHRE ALT, HABE ICH GEHÖRT?
UR-ENKE-LIN?!
WIE SCHNELL DIE ZEIT VERGEHT...
FÜR DICH IST SIE DOCH SI-CHER...
... DAS SÜS-SESTE KIND DER WELT, ODER?
NAJA...
...
NEIN...
AH HA HA HA HA!
?

ICH VERGESSE ES IRGENDWIE IMMER…
DAS MÄDCHEN KOMMT MIR WIE EIN FREMDES KIND VOR.
A…ACH JA? TJA, ICH HABE KEINE AHNUNG, WIE DAS IST…
ABER DEINE BRUTALE EHRLICHKEIT KENNE ICH GUT, KIYO.
OH, EIN BUCH.
LIEST DU WIEDER VIEL IN LETZTER ZEIT?
JA.
HAST DU EINEN LESETIPP FÜR MICH?
TJA…
…

ICH LESE BÜCHER, DIE ICH SEIT FRÜHER GUT FINDE.
MIT NEUEN KENNE ICH MICH NICHT SO AUS…
HMMM.
ACH, WIRKLICH?
WOW. DAS BUCH HABE ICH JA FRÜHER RAUSGEBRACHT.
DAS HÄTTEST DU ECHT NICHT AUFBEWAHREN MÜSSEN.
HI-HI.
…
ICH DACHTE, ICH HÄTTE DIR NACH DER LANGEN ZEIT SO VIEL ZU ERZÄHLEN, MICCHI…
ABER ICH HABE WOHL ALLES VERGESSEN…
HEHE. DAS GEHT MIR DOCH GANZ ÄHNLICH…
ICH HABE EBEN GEHÖRT…
… DASS DEINE ENKELIN MIT EINER FREUNDIN ZUSAMMENZIEHT.
WIE SCHÖN DAS IST. HEUTZUTAGE KANN MAN SICH FREUNDE NENNEN…
… ZUSAMMEN IN EINER WOHNUNG LEBEN, KINDER HABEN UND IM GLEICHEN GRAB BEGRABEN WERDEN.

KIYO.
FÜR UNS IST ES VIEL-LEICHT AUCH NOCH NICHT ZU SPÄT.
WIR KÖNNTEN JETZT IMMER NOCH…
ETWAS FRÜHER… HÄTTEST DU DAS NUR ET-WAS FRÜHER GESAGT…
… DANN…

STIMMT.
ES IST WOHL ZU SPÄT.
ICH HATTE AUCH IMMER SO VIEL ZU TUN.
UND JETZT SIND WIR PLÖTZLICH SCHON 85.
...
SAG MAL, MICCHI.
WAS WÄRE WOHL GEWESEN, WENN WIR ETWAS SPÄTER GEBOREN WORDEN WÄREN?
DANN HÄTTEN WIR SICHERLICH FRÜHER DIESE UNTERHALTUNG GEFÜHRT.
WIR HÄTTEN EIN ANDERES LEBEN FÜHREN KÖNNEN... ODER?
WER WEISS DAS SCHON.
ABER WENN WIR ETWAS SPÄTER GEBOREN WORDEN WÄREN...
... WÄREN WIR VIELLEICHT AUCH GANZ ANDERE MENSCHEN GEWORDEN.

WOMÖGLICH HÄTTEN WIR UNS NIE GETROFFEN, WENN AUCH NUR EINE KLEINIGKEIT ANDERS GEWESEN WÄRE.
UNSER TREFFEN WAR DOCH EIN GLÜCKLICHER ZUFALL.
MICCHI...
WAR ES DENN GLÜCK FÜR DICH, MICH GETROFFEN ZU HABEN?
ABER NATÜRLICH.

Verzeih, dass ich heute so plötzlich vorbeigeschneit bin.
Ich komme bald mal wieder.
Gar kein Problem.
Und nächstes Mal reden wir von den Reisen.
Klack
Frau Sonoda wirkt so lebendig und jugendlich.
Ja, schon immer …

»WAR ES DENN GLÜCK FÜR DICH, MICH GETROFFEN ZU HABEN?«
»ABER NATÜRLICH.«
»UND FÜR DICH, KIYO?«
KIYO-CHAN?
ICH...
ICH WEISS ES NICHT MEHR.

ICH WEISS ES EINFACH NICHT MEHR.
ICH KANN MICH IN LETZTER ZEIT KAUM NOCH AN MEINE FAMILIE ERINNERN...
MORGEN WER-DE ICH SICHER AUCH VERGESSEN HABEN, WAS ICH MIT DIR GEREDET HABE, MICCHI.
ICH WOLLTE NIE...
... DASS DU MICH IN SO EINEM ZUSTAND SIEHST.
ACH KIYO...
DAS VERGESSEN LÄSST SICH NUN MAL NICHT ÄNDERN.
ES GEHÖRT ZUM LEBEN DAZU, SO SIND WIR ER-SCHAFFEN.

KEINE ANGST, KIYO.
ICH WERDE MICH FÜR UNS BEIDE ERINNERN.
MEINE ERINNERUNGEN SIND NATÜRLICH NICHT EXAKT SO WIE DEINE.
ABER BIS ZU MEINEM TOD WERDE ICH UNSERE ERINNERUNGEN BEWAHREN. ALSO MACH DIR DESWEGEN KEINE SORGEN.
UND SELBST WENN DIE ERINNERUNGEN VON HEUTE UND GESTERN VERBLASSEN...
ES HEISST DOCH, DASS DIE ERINNERUNGEN VON FRÜHER FÜR IMMER BLEIBEN, ODER?

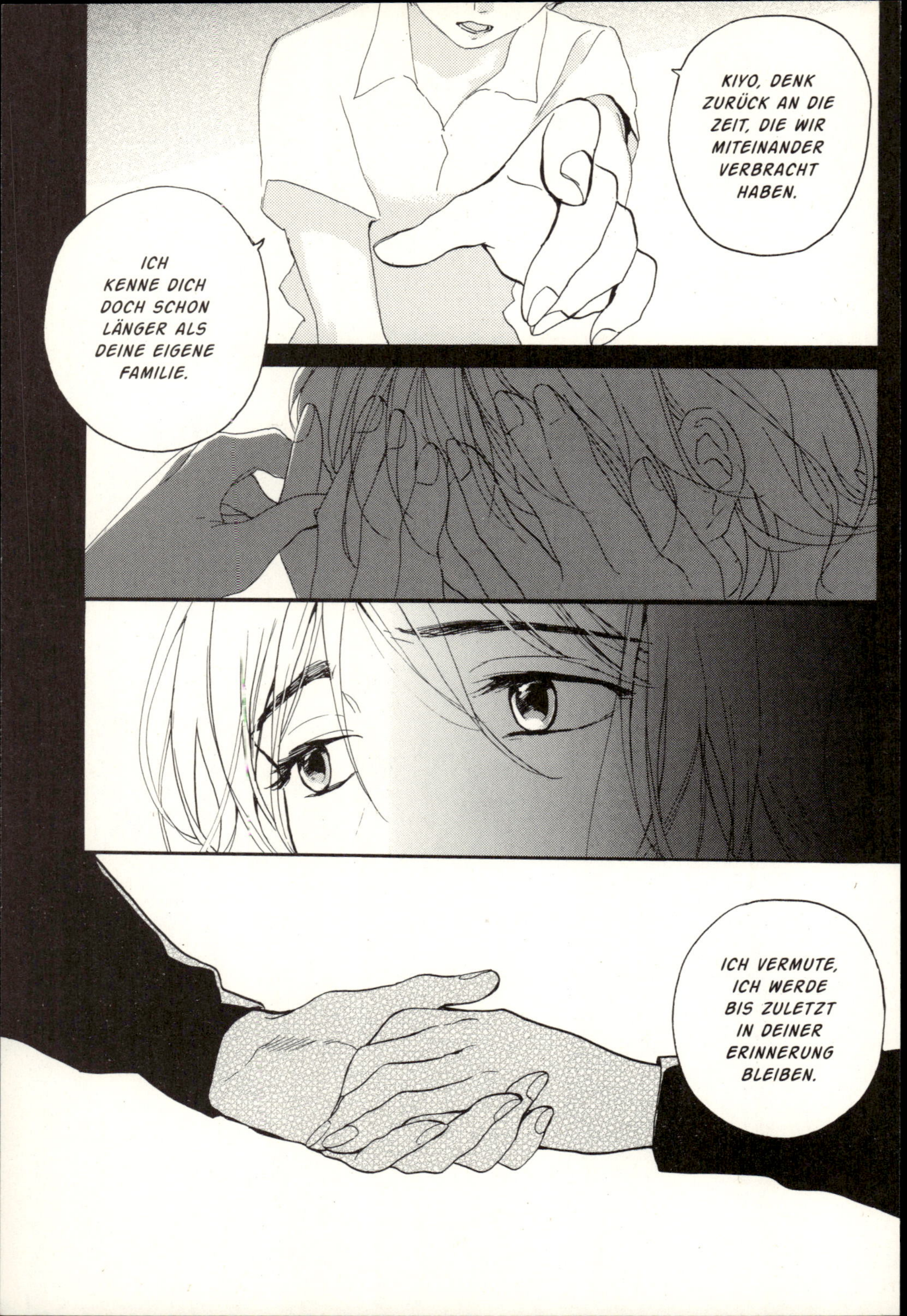
KIYO, DENK ZURÜCK AN DIE ZEIT, DIE WIR MITEINANDER VERBRACHT HABEN.
ICH KENNE DICH DOCH SCHON LÄNGER ALS DEINE EIGENE FAMILIE.
ICH VERMUTE, ICH WERDE BIS ZULETZT IN DEINER ERINNERUNG BLEIBEN.

GLAUBST DU NICHT AUCH?

UND WENN DAS SO SEIN SOLLTE...
... WÄRE DAS FÜR MICH EINE GEWALTIGE EHRE.
DEIN EHRLICHER BLICK...
... HAT MICH DOCH IMMER WIEDER GERETTET!

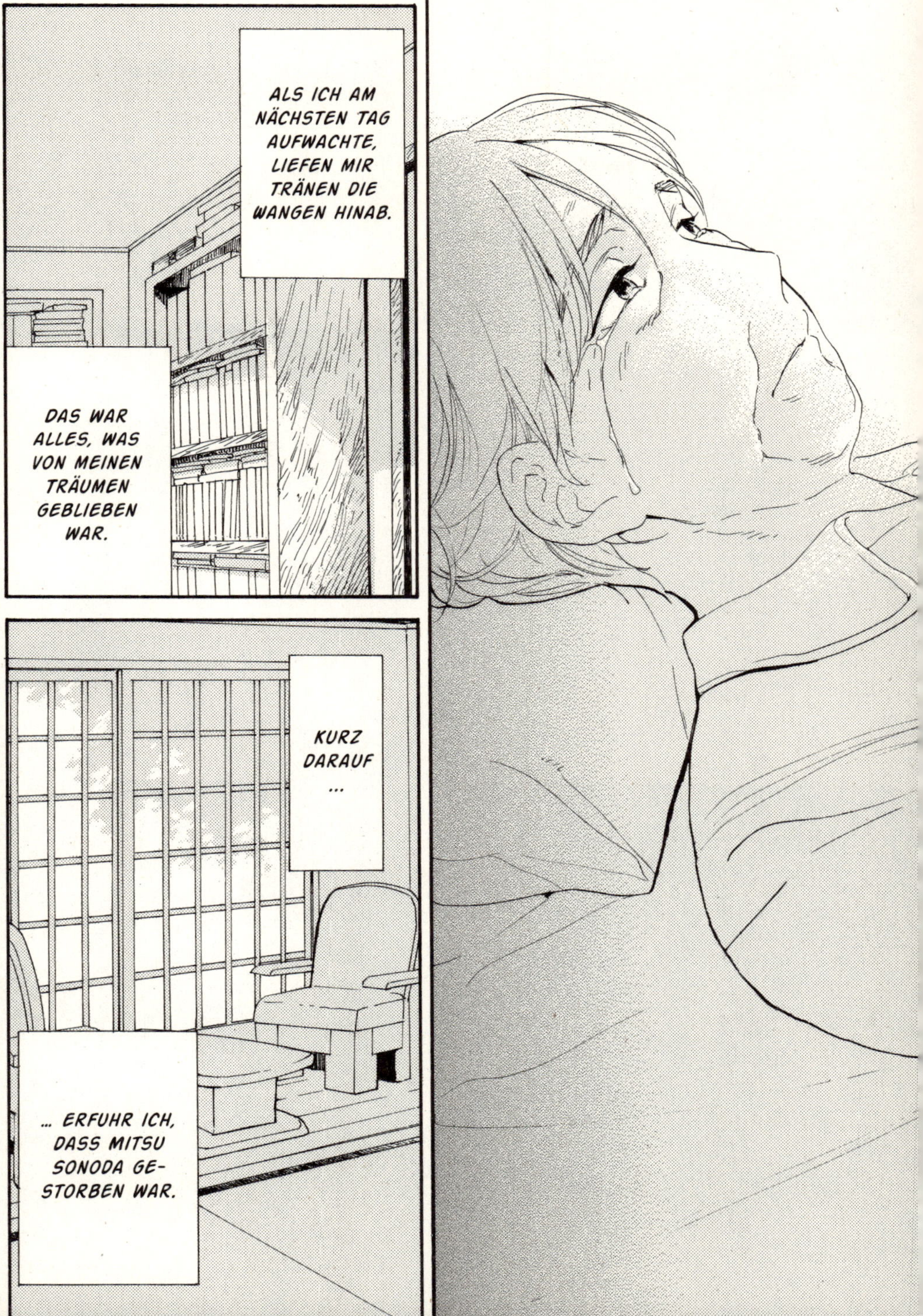

ALS ICH AM NÄCHSTEN TAG AUFWACHTE, LIEFEN MIR TRÄNEN DIE WANGEN HINAB.
DAS WAR ALLES, WAS VON MEINEN TRÄUMEN GEBLIEBEN WAR.
KURZ DARAUF ...
... ERFUHR ICH, DASS MITSU SONODA GE- STORBEN WAR.

EIN AUTO-
UNFALL.
SIE WAR SO LEBEN-DIG.
DER FAH-RER HAT NICHT AUF-GEPASST.
SCHRECK-LICH.
WA HA HA HA!
MUTTER ERINNERT SICH SO GUT WIE GAR NICHT MEHR AN MICH.
JEDEN TAG WIRD ES SCHLIM-MER.

ANNA, AN DICH ERINNERT SIE SICH VIEL-LEICHT. KANNST DU BITTE NACH IHR SEHEN?
OMA?
OMAAA!
WAS SCHLUCKST DU DA?
EIN SCHLÜS-SEL?
W...WER BIST DU?
SPUCK ES EINFACH AUS...
WARUM...

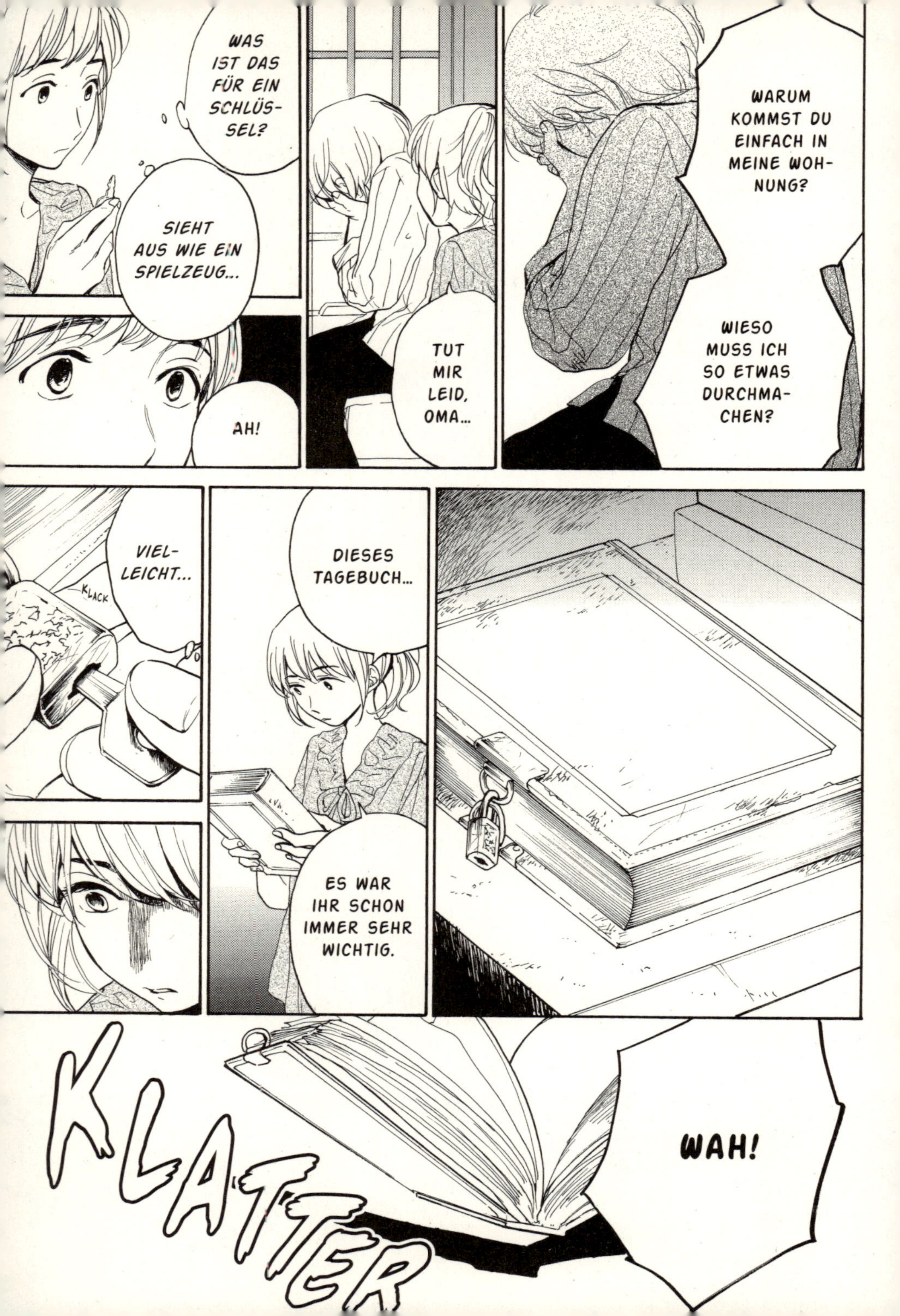
WARUM KOMMST DU EINFACH IN MEINE WOHNUNG?
WIESO MUSS ICH SO ETWAS DURCHMACHEN?
TUT MIR LEID, OMA…
WAS IST DAS FÜR EIN SCHLÜSSEL?
SIEHT AUS WIE EIN SPIELZEUG…
AH!
DIESES TAGEBUCH…
ES WAR IHR SCHON IMMER SEHR WICHTIG.
VIELLEICHT…
KLACK
WAH!
KLATTER

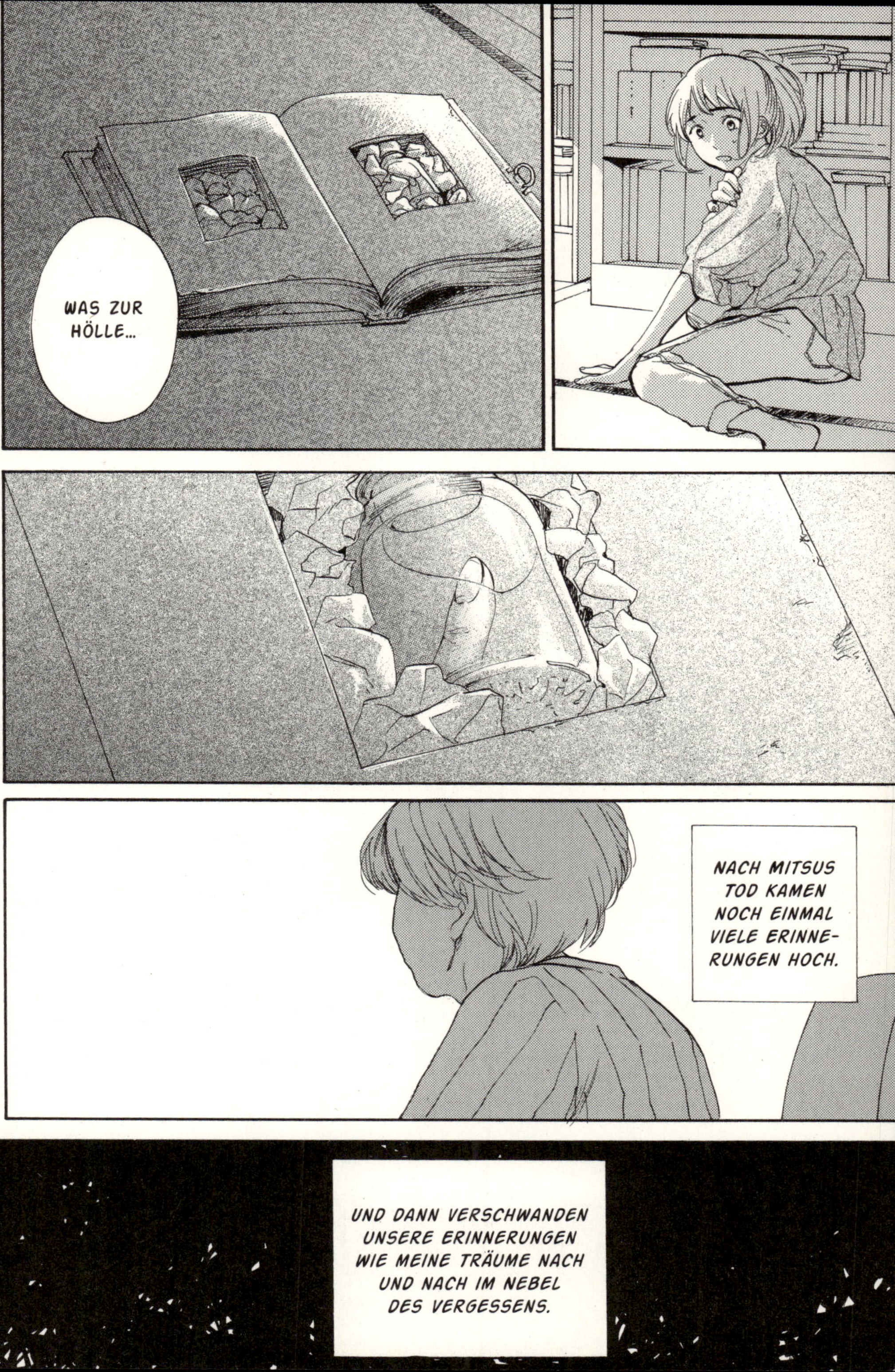

WAS ZUR HÖLLE...
NACH MITSUS TOD KAMEN NOCH EINMAL VIELE ERINNE-RUNGEN HOCH.
UND DANN VERSCHWANDEN UNSERE ERINNERUNGEN WIE MEINE TRÄUME NACH UND NACH IM NEBEL DES VERGESSENS.

#2

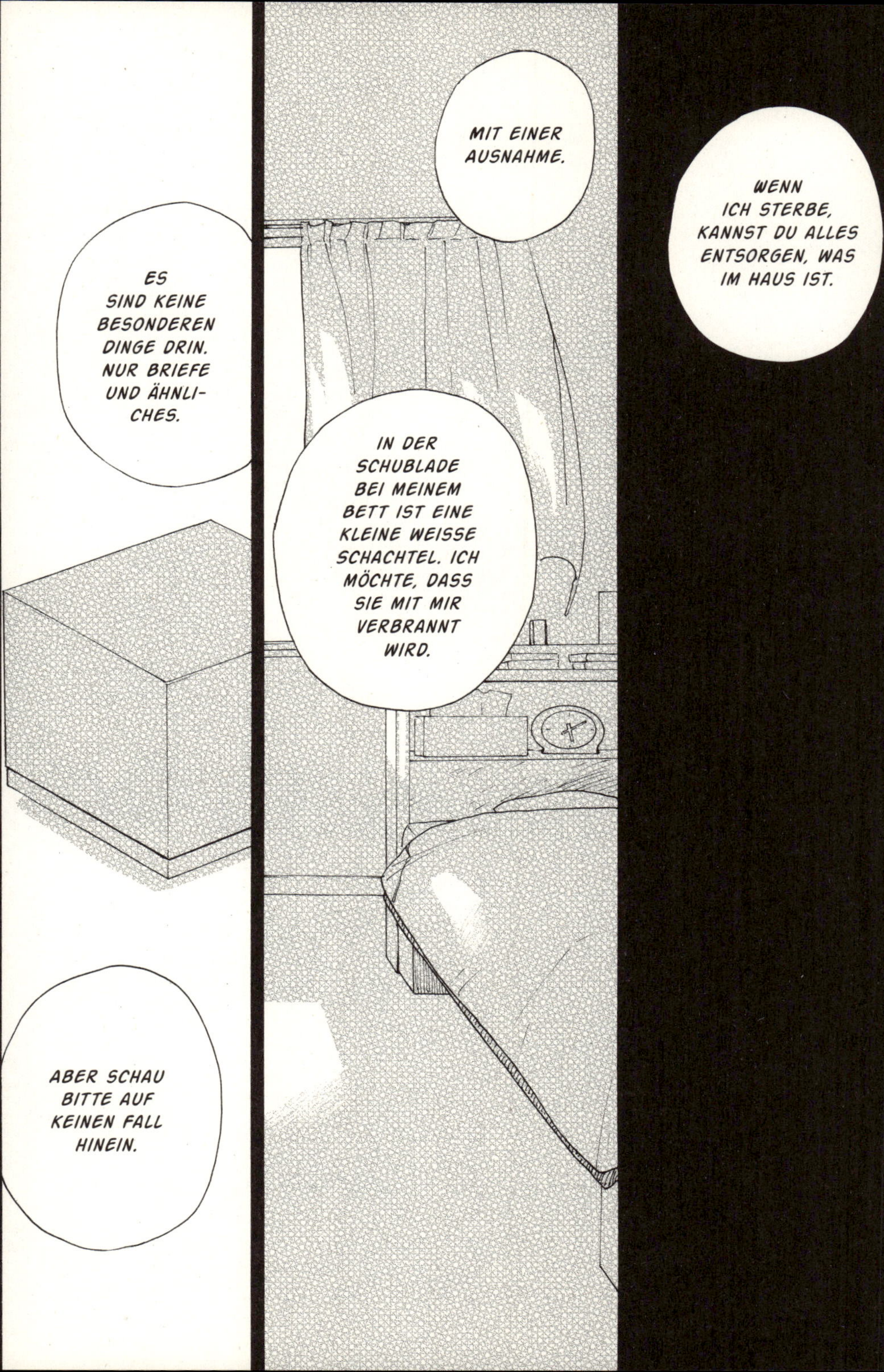
WENN ICH STERBE, KANNST DU ALLES ENTSORGEN, WAS IM HAUS IST.
MIT EINER AUSNAHME.
IN DER SCHUBLADE BEI MEINEM BETT IST EINE KLEINE WEISSE SCHACHTEL. ICH MÖCHTE, DASS SIE MIT MIR VERBRANNT WIRD.
ES SIND KEINE BESONDEREN DINGE DRIN. NUR BRIEFE UND ÄHNLI-CHES.
ABER SCHAU BITTE AUF KEINEN FALL HINEIN.

1988
SPÄTHERBST
WIE?
KIYOKO
55 JAHRE ALT
MÖCHTEST DU NICHT EINE REISE PLANEN? DIE GANZE FAMILIE?
WIR KÖNNTEN MAL WIE-DER ALLE ZUSAMMEN SEIN.
MIT ERIKO UND IHREM GANZEN ANHANG.

* CA. 6,15 MILL. EURO

HALLO? HIER NAKAGAWA.
UND NUN DIE WEITEREN NACHRICHTEN.
MICCHI?
JA… JA.
WIE?
EINE OP?
GENAU. EINE BLINDDARMOPERATION.
MITSU 55 JAHRE ALT
GESTERN WURDE SIE DURCHGEFÜHRT.
ICH HÄTTE NICHT GEDACHT, DASS MAN IN UNSEREM ALTER NOCH PROBLEME MIT DEM BLINDDARM HABEN KÖNNTE…
ES SOLLTE UNS WOHL BEWUSSTER SEIN, DASS WIR ALLE STERBEN MÜSSEN.
ES HAT VERDAMMT WEHGETAN! ICH DACHTE, ICH MÜSSTE STERBEN.

DANN WAR ES WIRKLICH HART, WIE?
JA... ABER VIEL WICHTIGER...
MÖCHTEST DU MIT MIR ESSEN GEHEN, WENN ICH ENTLASSEN WERDE? ICH MÖCHTE DICH MAL WIEDERSEHEN.
JA, NATÜRLICH.
ICH HABE IMMER ZEIT FÜR DICH.
JA...
KLACK
...
WAS SOLL ICH DENN ANZIEHEN?
WATSCHAMMS

ETWA EINE GENESUNGSFEIER?
UWAH!
MASUMI!
HAST DU MICH ETWA BELAUSCHT?
NICHT ÜBEL. DARF ICH AUCH ZUR FEIER MITKOMMEN?
HÄH?
DER BLINDDARM?
HA HA.
AAAAAH.
AUAUAU!
ICH HABE DICH INS KRANKENHAUS BEGLEITET UND DICH VOR DER OP AUFGEMUNTERT, DAMIT DU NICHT SOLCHE ANGST HAST.
AUFGEMUNTERT?
DU HAST ECHT SPASS DARAN GEHABT, ÜBER MEIN LEID ZU LACHEN…
ABER IN ORDNUNG.
WIE?
KOMM DOCH MIT ZUR GENESUNGSFEIER.
ICH WILL, DASS DU KOMMST.
WIRKLICH? SO PLÖTZLICH? DU FÜHRST DOCH WAS IM SCHILDE…
GRUSELIG.

KIYO.
IHR KENNT EUCH NOCH NICHT, ODER? DAS IST MASUMI INOUE.
DU MUSST KEINE RÜCK-SICHT AUF IHN NEHMEN.
FREUT MICH. ICH ARBEITE BEI MITSU.
ANGE-NEHM...

DREH DREH
JUHU, CHINESISCH!
ICH WOLLTE SCHON LANGE MIT VIELEN CHINESISCH ESSEN UND SO EINE DREHSCHEIBE AUF DEM TISCH HABEN.
MIT VIELEN? WIR SIND DOCH NUR DREI…
DREI SIND DOCH SCHON VIELE.
WURDE ICH DESWEGEN EINGELADEN?
ICH VERSTEH SCHON.
JAMMER NICHT. LASST UNS LIEBER JEDE MENGE BESTELLEN. WIR SIND JA BEIM CHINESEN.
MICCHI, WIE GEHT ES DIR DENN JETZT?
ALLES SUPER.
BLINDDARM-OPS SIND HEUTZUTAGE FIX ERLEDIGT UND MAN ERHOLT SICH SCHNELL.
HA-HA-HA.

ES WAR ECHT LUSTIG, WIE SIE SICH BIS KURZ VOR DER OP ANGESTELLT HAT.
MOMENT MAL!
WIE EIN KLEINES KIND VOR DEM BESUCH BEIM ZAHNARZT.
ICH SAG'S DIR, KIYO.
OBWOHL ICH HÖLLENQUALEN DURCHGEMACHT HABE, HAT DER TROTTEL NEBEN MIR EINFACH GELACHT.
TROTZ SCHMERZEN WIRKTEST DU SO FIT.
DAS WAR ECHT LUSTIG.
DU HAST MIR AUFGETRAGEN, WAS ICH NACH DEINEM TOD ALLES MACHEN SOLL.
DABEI WIRST DU MICH SICHER UM JAHRE ÜBERLEBEN.
DAS WEISST DU DOCH ÜBERHAUPT NICHT.
...
ICH BIN FROH, DASS DU IN DER NOTLAGE NICHT ALLEIN SEIN MUSSTEST...
DAS WAR SICHER EINE GROSSE HILFE.
ÜBERHAUPT NICHT!
ER HAT MIR EHER NOCH MEHR LEID BEREITET.
SCHON GUT. NÄCHSTES MAL LACHE ICH NICHT.
ICH HABE JA AUCH KEINEN BLINDDARM MEHR.

NUR WEIL QUALIFIZIERTES PERSONAL FEHLTE...
ABER DIE FIRMA LÄUFT GUT, ODER?
ABER ICH KANN MICH AUF IHN VERLASSEN, DAS MUSS ICH ZUGEBEN.
ODER HAST DU MICH AUS SPASS ZUM STELLVERTRETENDEN REDAKTIONSLEITER ERNANNT?
DAS HOFFE ICH DOCH.
DIE AKTIENINVESTITIONEN LAUFEN AUCH GUT.
DURCH MEHR INVESTMENTKAPITAL KÖNNTE ICH NEUE GESCHÄFTE PROBIEREN.
ACH...
VERGLICHEN MIT DEM ANFANG, JA.
ICH KANN JETZT BÜCHER VERÖFFENTLICHEN, OHNE SCHULDEN ZU MACHEN.
DAS IST DOCH TOLL.
KIYO, HAST DU AUCH INTERESSE AN AKTIEN?
NICHT WIRKLICH...
DAS IST EINFACHER, ALS MAN DENKT.

MIT AKTIEN HAT MAN SCHNELL GELD FÜR DEN LEBENSABEND ZUSAMMEN.
GRUND-STÜCKSPREISE STEIGEN AUCH WEITERHIN.
TUT MIR LEID, ICH VER-STEHE DAVON ÜBERHAUPT NICHTS…
ICH BIN JEDERZEIT BEREIT, ES DIR GENAU ZU ERKLÄ-REN.
ZWAR…
DREH
… ERREICHTE DER NIKKEI EIN JAHR SPÄTER IM JAHR 1989 SEINEN HÖCHST-WERT, ABER DANACH SANKEN DIE AKTIENPREI-SE DRAMATISCH.
DREH
UND IM JAHR 1991 PLATZTE DANN DIE SOGENANNTE BUBBLE UND ZOG DIE GESAMTE WIRTSCHAFT IN DEN CRASH.
MITSU VERLOR DABEI EINEN NICHT GE-RADE UNER-HEBLICHEN BETRAG.
AH HA HA HA.
HA HA HA.
DAMALS HAT-TEN WIR DREI VON DIESER ENTWICKLUNG ABER NATÜR-LICH KEINE AHNUNG.

...
ABER MAL ERNSTHAFT.
ES IST SCHÖN, DASS ES DIR SO GUT GEHT.
DEINE ARBEIT SCHEINT DICH ZU ERFÜLLEN.
JA, ABER ES IST AUCH ANSTRENGEND, NUR DIE ARBEIT ZU HABEN.
GENAU. ES IST ANSTRENGEND, TAGTÄGLICH FÜR DAS WOHL DER GESELLSCHAFT ZU ARBEITEN.
KIYO, WIE GEHT ES DENN DEINEM KIND?
ACH... GENAU.
LETZTES JAHR HAT MEINE TOCHTER EIN KIND BEKOMMEN.
DEIN ERSTES ENKELKIND? HERZLICHEN GLÜCKWUNSCH.
ICH ÜBERLEGE MOMENTAN AUCH, ETWAS NEUES ZU PROBIEREN.
WIE? WAS DENN?
ICH WERDE MICH SCHEIDEN LASSEN.

…
IST ETWAS PASSIERT?
HM…
MEINE SCHWIEGERMUTTER, DIE BEI UNS LEBTE, IST ANFANG DES JAHRES VERSTORBEN.

ICH HABE SIE LANGE GEPFLEGT…
ES WAR WIRKLICH SCHWER, ABER ICH HABE ES GETAN, WEIL ES SICH GEHÖRTE.
MEIN MANN HAT BEI DER PFLEGE SEINER MUTTER NIE GEHOLFEN.
JE DEMENTER SIE WURDE, DESTO GENERVTER UND FRUSTRIERTER WAR ER.
NACH DEM TOD MEINER SCHWIEGERMUTTER… MÖCHTE MEIN MANN JETZT VERREISEN.
EINE VERSÖHNUNGSREISE, UM ETWAS GEGEN MEINE ERSCHÖPFUNG UND SEINE STIMMUNG ZU MACHEN.
ABER NACH DER REISE WÜRDE ICH MICH BIS ANS LEBENSENDE UM MEINEN MANN KÜMMERN MÜSSEN.
ICH WILL DAS NICHT MEHR…
HMMM…

UND WO MÖCHTEST DU...
... NACH DER SCHEIDUNG WOHNEN? HAST DU GELD?
MEINE TOCHTER UND IHR MANN HABEN MICH ZU SICH EINGELADEN UND ICH WOLLTE DAS ANGEBOT ANNEHMEN.
DEINE TOCHTER?
ICH WÜRDE AUCH DIE HÄLFTE VOM GELD MEINES MANNES BEKOMMEN.
DIE WOLLEN SICHER NUR, DASS DU DICH UM DIE ENKELTOCHTER KÜMMERST.
UND SICHER AUCH UM DEN HAUSHALT.
DAS MAG SCHON SEIN.
WILLST DU DAS? DU WÄRST WIEDER NUR ZU HAUSE...
SCHON GUT...
AM ENDE KANN ICH DOCH AUCH NICHTS ANDERES.
WENN SIE MEINE HILFE GEBRAUCHEN KÖNNEN, WÄRE ICH DARÜBER SEHR GLÜCKLICH.
...
KIYO...

DU DENKST SICHER, DER HAUSHALT IST EINFACH UND JEDER KÖNNTE DAS…
… ABER DAS STIMMT GAR NICHT!
ES WIRD NICHT GÜNSTIGER…
AAAH.
NICHT ALLE SCHAFFEN ES, JEDEN TAG ZU KOCHEN! DESWEGEN GIBT ES DOCH IM SUPERMARKT FERTIGES ESSEN ZU KAUFEN!
UND AUCH AUFRÄUMEN UND WÄSCHEWASCHEN! WEIL VIELE DAS NICHT HINBEKOMMEN, GIBT ES AGENTUREN DAFÜR.
ES GIBT VIELE LEUTE, DIE DEINE FÄHIGKEITEN GEBRAUCHEN KÖNNTEN, KIYO.
HI HI.
DANKE.
…
KIYO, SAG MAL…
ERINNERST DU DICH DARAN, WAS ICH FRÜHER GESAGT HABE?
WAS DU… FRÜHER GESAGT HAST?
ACH, NEIN… VERGISS ES LIEBER EINFACH.
…

ICH HÄTTE NIE GEDACHT...
... DASS DU DICH MAL SCHEIDEN LÄSST, KIYO.
AH!
WIR KAUFEN EIN GÜNSTIGES, KLEINES HAUS.
IM GARTEN PFLANZEN WIR EINE SÜSSE DUFTBLÜTEN UND FRUCHTBÄUME.
... UND FREUEN UNS DANN ÜBER DIE VÖGEL, DIE ZUM FRESSEN KOMMEN.

SO WÜRDE ICH GERNE LEBEN, NUR WIR ZWEI ZUSAMMEN... DAS WÄRE WIRKLICH SCHÖN.
MICCHI.
ICH...
KIYO.
DA GIBT ES EIS.
WIE?
EIS
...
FWUUUSCH

HALLO, HERZLICH WILLKOMMEN.
BEI DIESEM WETTER VERKAUFT ES SICH SICHER NICHT, ODER?
LEIDER NICHT.
ABER VIELLEICHT KAUFEN SO NETTE JUNGEN DAMEN JA EIN EIS BEI MIR.
JUNGE DAMEN?
AHAHA. JA, DAS MACHEN WIR.
ZWEI BECHER BITTE.
DAS PASST DOCH, ICH HATTE GERADE LUST AUF NACHTISCH.
ABER EIN EIS?
DIESER KALTE HERBSTABEND IST DAS NICHT GERADE IDEAL ZUM DRAUSSEN ESSEN.

WIR FEIERN EINE SCHEIDUNG…
AH-HA-HA.
KA… KALT.
WIR SEHEN BESTIMMT WIE ZWEI VERRÜCKTE AUS.
ABER DAS PAAR DORT KAUFT AUCH EIN EIS, SCHAU!
STIMMT…
JETZT SEHEN WIR NOCH VERRÜCKTER AUS…
HÖR SCHON AUF, KIYO.
EIS
MJAM
MJAM
MICCHI…
HM?
…

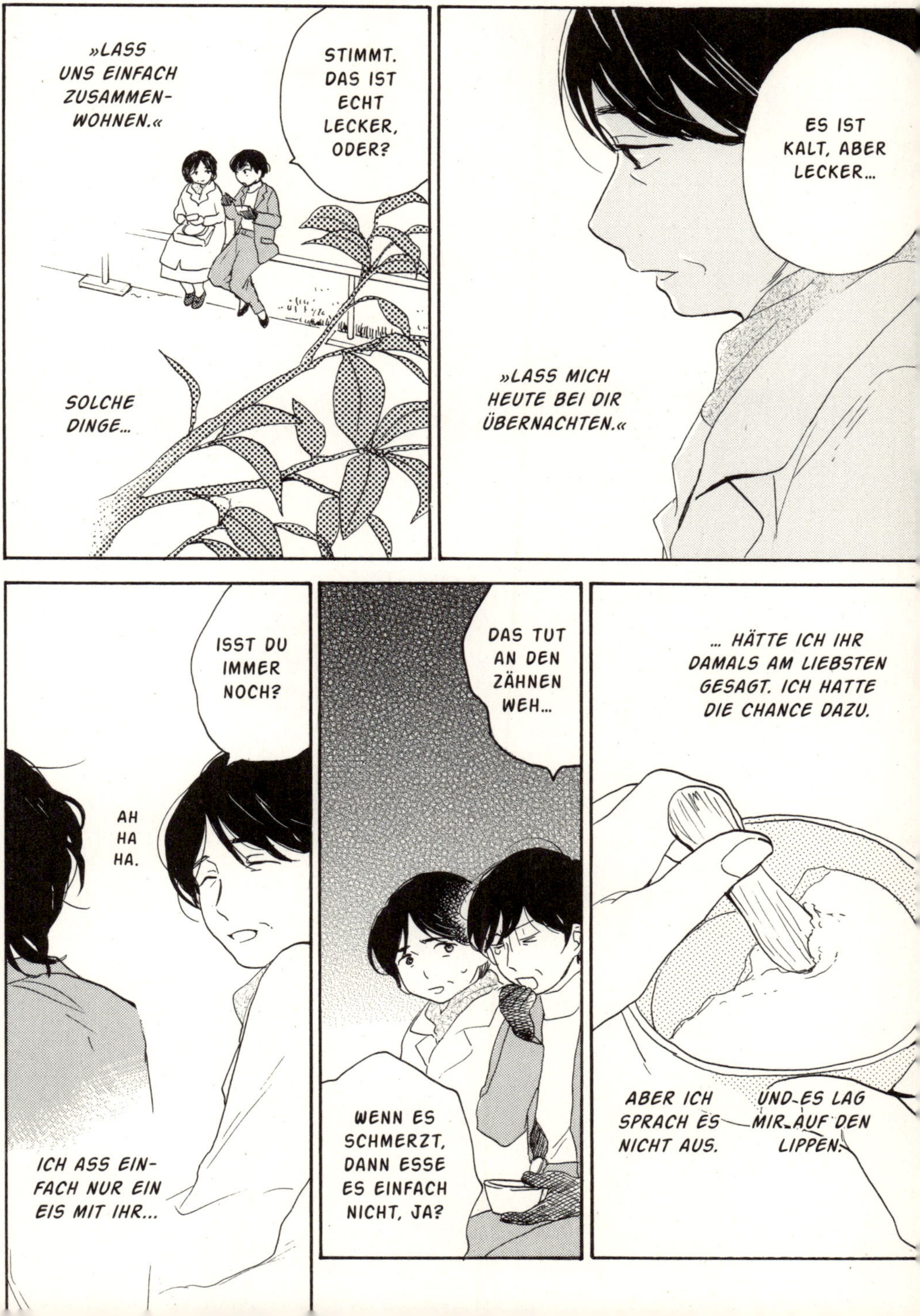
ES IST KALT, ABER LECKER…
»LASS MICH HEUTE BEI DIR ÜBERNACHTEN.«
STIMMT. DAS IST ECHT LECKER, ODER?
»LASS UNS EINFACH ZUSAMMEN-WOHNEN.«
SOLCHE DINGE…
… HÄTTE ICH IHR DAMALS AM LIEBSTEN GESAGT. ICH HATTE DIE CHANCE DAZU.
UND ES LAG MIR AUF DEN LIPPEN.
ABER ICH SPRACH ES NICHT AUS.
DAS TUT AN DEN ZÄHNEN WEH…
WENN ES SCHMERZT, DANN ESSE ES EINFACH NICHT, JA?
ISST DU IMMER NOCH?
AH HA HA.
ICH ASS EIN-FACH NUR EIN EIS MIT IHR…

... UND WIR SASSEN GEMEINSAM IN DER KÄLTER WERDENDEN NACHT.
ICH BIN FROH, DICH HEUTE GETROFFEN ZU HABEN.
ICH AUCH.
ICH DACHTE, DAS WÄRE EINE GUTE GELEGENHEIT, MASUMI MITZUNEHMEN. HAT ER GESTÖRT?
NEIN, NEIN.
ES IST SCHÖN, DASS ICH MASUMI...
... KENNENGELERNT HABE.

ICH FINDE ES AUCH SCHÖN, DASS ICH KIYOKO...
... TREFFEN DURFTE.
SIE WIRKT NORMALER, ALS ICH ES ERWARTET HATTE.
WIE EINE TYPISCHE HAUSFRAU.
DAS MAG SCHON SEIN.
WAS WILLST DU DAMIT DENN SAGEN?
ICH VERSTEHE NICHT GENAU, WAS SIE ANTREIBT UND WAS IN IHR VORGEHT.
IHRE GEFÜHLE UND GEDANKEN SCHEINEN IN IHR VERSCHLOSSEN ZU SEIN.
WENN DAS IHREM MANN GEGENÜBER AUCH SO IST, DANN WIRD ER AUS ALLEN WOLKEN FALLEN, WENN SIE IHM DIE SCHEIDUNGSPAPIERE ÜBERREICHT.
HMMM...
TJA, KIYO WAR SCHON IMMER JEMAND, DER ALLES MIT SICH ALLEINE AUSGEMACHT HAT.

MITSU.
HAST DU MIR DAMALS EINEN KORB GEGEBEN, WEIL ES DIESE FRAU GIBT?
JA...

ICH WUSSTE ES.
DAS HÄTTEST DU DOCH VON ANFANG AN SAGEN KÖNNEN. ES HÄTTE UNS VIEL ERSPART.
QUIETSCH
ICH WUSSTE DOCH, WIE DU DARAUF REAGIEREN WÜRDEST.
TJA, DESWEGEN MUSSTE ICH IHR ZEIGEN, WIE NAH WIR UNS SIND. DENN DAS SIND WIR UNS IMMER NOCH, MITSU.
GIB SCHON AUF!
DU HAST DOCH EINE NETTE FRAU UND EINEN SOHN, ODER?
WARUM KRAMST DU EIGENTLICH SO ALTE GESCHICHTEN AUS?
HA HA.
KEINE ANGST. WIR WERDEN UNS GANZ SICHER NICHT SCHEIDEN LASSEN.
BEHANDLE DEINE FRAU BLOSS GUT, SONST GEHT ES DIR IRGENDWANN NOCH WIE KIYOS EHEMANN.
ACH, NOCH WAS…
ICH KANN NICHT VERSPRECHEN, DASS ICH IM FALL DER FÄLLE NICHT IN DIE SCHACHTEL GUCKEN WÜRDE.

WENN DU STIRBST, GIBT ES NIEMANDEN, DER MICH DAVON ABHALTEN KANN.
POLTER
MACH DOCH, WAS DU WILLST.
HÄH?
DARF ICH ETWA?
WIE SOLL ICH DAS VERHINDERN, WENN ICH TOT BIN?
ABER DU WÜRDEST SIE NICHT AUFMACHEN.
WIESO NICHT?
WEIL DU MEIN VERTRAUEN NICHT MISSBRAUCHST.
DAS IST GEMEIN.

ICH MACHE SIE AUF JEDEN FALL AUF.
DANN MACH DAS DOCH.
VERRATE MIR DOCH EINFACH, WAS DRIN IST.
WIESO SOLLTE ICH?
DAS IST GEHEIM.
ICH BIN ZURÜCK.
HEPP.
MAMA!
ANNA HAT FÜRCHTERLICHES FIEBER.
WAS DENN NUN? HAT DER KINDERARZT NOCH AUF?!
WIE?

DAS HABEN KINDER HÄUFIG.
WENN DAS FIEBER SICH AM MORGEN NICHT GE-SENKT HAST, RUFST DU DEN ARZT AN.
WIRK-LICH?
IST DAS IMMER SO IN ORDNUNG ?!
SICHER NICHT IMMER, NEIN.
HÄH?
ABER BEI DIR WAR ES GENAUSO, ERIKO.
MIT EIN, ZWEI JAHREN HATTEST DU FAST TÄGLICH FIEBER.
DARAN ERINNERE ICH MICH NICHT.
UND SO FÜHRTE ICH MEIN LEBEN...
... UND SIE IHRES....
... BIS DIE ZEITEN SICH ÄNDERTEN UND DARÜBER HINAUS.

#3

1969
HOCHSOMMER
HAB EINEN GUTEN TAG.
MAMAAA.
WO SIND MEINE SPORTSA-CHEN?
SIND SIE NICHT IN DER KOM-MODE?
NEIN.
MENSCH.
KIYOKO
36 JAHRE ALT

DAS HIER WIRD DANN...
... DER LETZTE BRIEF SEIN.
MACH DIR KEINE GEDANKEN. DU MUSST MIR NICHT ANTWORTEN.
ICH HÄTTE DICH GERNE NOCH EINMAL PERSÖNLICH GETROFFEN, ABER DU BIST MIT DER ARBEIT SICHER VIEL BESCHÄFTIGT.
ICH WÜNSCHE DIR DAS BESTE FÜR DEINE GESUNDHEIT...
... UND HOFFE, DASS DU BLEIBST WIE DU BIST.
LEBE WOHL.

MITSU
35 JAHRE ALT
FRAU MITSU SONODA
FLATTER
CAFÉ HERZLICHKEIT
CAFÉ HERZLICHKEIT
OHA!

DIE KELLNERIN KIPPT SICH ALKOHOL HINTER DIE BINDE.
ICH KENNE DICH. DU ARBEITEST DOCH IN DEM CAFÉ AM OSTAUSGANG DES SHINJUKU-BAHNHOFS.
UND ICH KENNE DICH AUCH.
OH, DAS FREUT MICH ABER.
DU BIST SEHR GROSS, DAS FÄLLT AUF.
UND DU BIST JEDES MAL MIT ANDEREN FRAUEN UNTERWEGS.
HUCH?
SOLCHE AUFREISSER WIE DICH…
… HASSE ICH.
DENN IHR SPRECHT MICH IMMER IRGENDWANN AN.

HA-HA. DAS FREUT MICH ABER.
HASS KANN SCHLIESSLICH IN LIEBE UM-SCHLAGEN.
HÄTTEST DU ÜBERHAUPT KEIN INTERES-SE, WÜRDEST DU MICH WEDER MÖGEN NOCH HASSEN.
SICHERLICH KÖNNEN WIR GUTE FREUNDE WERDEN.
HMPF…

MUTTER.
MITSU.
DIE VIELEN LEUTE MACHEN MICH GANZ FERTIG.
WARUM HAST DU SO VIELE SACHEN DABEI?
ICH HATTE EINIGES ZU ERLEDIGEN.
WIE SCHAFFST DU ES, HIER ZU LEBEN? DIE LUFT IST SCHLECHT UND ES SIND ZU VIELE LEUTE.
JA, JA…
DAS SAGST DU JEDES MAL.
TOKYO HAT SCHON IMMER NUR GESINDEL ANGEZOGEN.
NICHTS ALS DRECKIGE LANDSTREICHER.
DAS SIND DOCH NUR VORURTEILE…
SAG DAS BLOSS NICHT VOR ANDEREN LEUTEN.
ABER DU HÄLTST DICH AUF JEDEN FALL VON SHINJUKU FERN, JA?
HM? OKAY…
WIE LÄUFT DIE ARBEIT BEI DER ZEITSCHRIFT? ALLES GUT?
JA! ALLES SUPI!

ACH, DU BIST ZEITSCHRIFTENREDAKTEURIN.
...
ES IST ABER EINIGES VORGEFALLEN UND ICH HABE GEKÜNDIGT...
UND DU HAST IHR ALSO NICHT GESAGT, DASS DU JETZT ALS KELLNERIN ARBEITEST?
DAS MUSS ICH IHR DOCH NICHT SAGEN.
WENN SIE ERFÄHRT, DASS ICH IN MEINEM ALTER NUN TEILZEITJOBS MACHE...
... SCHLEPPT SIE MICH SOFORT ZURÜCK AUFS LAND.
DU BIST DOCH ZU JUNG, UM DIR NOCH SORGEN ZU MACHEN.
ACH. ICH WERDE DIESES JAHR 36.
WIE? ACH...
ÄLTER ALS ICH?
DA VERGEHT DIR DIE LUST, WAS?
SICHERLICH HAST DU KEIN INTERESSE MEHR.

NEIN.
ICH BIN NUR ÜBERRASCHT, WEIL MAN ES DIR ÜBERHAUPT NICHT ANSIEHT.
ICH DACHTE, DU WÄRST MITTE ZWANZIG...
... UND WÄRST GERADE ERST VON DER UNI GEKOMMEN ODER SO...
DA HABE ICH MICH WOHL VERSCHÄTZT.
...
WIE?
WIRKE ICH ETWA SO UNREIF?
EHER JUGENDLICH.
VIELLEICHT WAR ES AUCH EHER EINE AURA DES »ICH FEIERE DIE NACHT DURCH«...
VON WEGEN FEIERN. ICH BIN EINFACH NUR TODMÜDE.
MIR REICHT GERADE WIRKLICH ALLES.

SUNTORY WHISKY
MITSU, SAG SCHON.
GIBT ES KEINEN MANN FÜR DICH?
DAS THEMA ALSO?
NEIN, DA GIBT ES NIEMANDEN.
UNTER DEN VIELEN LEUTEN HIER MUSS ES DOCH JEMANDEN GEBEN.
TROTZDEM HABE ICH NIEMANDEN.
HMPF.
TJA, DAS HATTE ICH MIR SCHON GEDACHT.
ICH HABE DAHER ETWAS MITGEBRACHT.
WUSCH
EIN NETTER MANN. 42 JAHRE. TAXIFAHRER.
ER HAT EINE GESCHEITERTE EHE, ABER SEINE EXFRAU WAR SCHULD.
MOMENT MAL, MUTTER.
DOCH NICHT HIER.

MITSU, DU MAGST AUTOS DOCH AUCH GERNE, ODER?
ALSO HÖR MAL.
WIE OFT MUSS ICH NOCH SAGEN, DASS ICH NICHT HEIRATEN WERDE?
ES GIBT EINE PERSON, DIE ICH LIEBE.
WEN DENN?
SIE IST VERHEIRATET.
...
HACH.
DU REDEST WIE EIN KLEINES KIND.
ICH BIN ERWACHSEN.
WENN DEINE BRÜDER NOCH LEBEN WÜRDEN, WÜRDE ICH DICH DAMIT NICHT SO SEHR NERVEN.
ABER DU BIST NUN MAL DIE EINZIGE ERBIN DER SONODA-FAMILIE.
ALS ALLEINSTEHENDE FRAU IST ES NICHT EINFACH, ODER?
DU HAST RECHT...

WENN MEINE BRÜDER NOCH LEBEN WÜRDEN, DANN WÄRE WIRKLICH ALLES EINFACHER.
DANN WÄRE WENIGSTENS JEMAND DA, DEM ES WICHTIG IST, DASS ICH GLÜCK-LICH BIN.
ICH HABE AUCH ZWEI ÄLTERE BRÜDER.
ACH, WIRKLICH?
DIE BEIDEN FÜHREN DAS GESCHÄFT MEINES VATERS WEITER UND HABEN GANZ ORDENTLICHE LEBEN.
WEIL MEINE GESCHWISTER ES GUT MACHEN, STEHE ICH NICHT UNTER DRUCK.
ICH KANN MICH ALSO EINFACH VERGNÜGEN.

WURDE DEIN BRUDER DENN NICHT EINBERUFEN?
ACH... NUR MEIN ÄLTESTER BRUDER MUSSTE IN DEN KRIEG.
ABER ES WAR GEGEN KRIEGSENDE UND ER HATTE EINEN NIEDRIGEN RANG. ER MUSSTE NUR DIE PRÜGEL IN DER KASERNE EINSTECKEN.
DEN FRUST DARÜBER HAT ER DANN SPÄTER ZU HAUSE AUSGELASSEN..
VERSTEHE...
...
IMMERHIN HATTE ER NOCH FÄUSTE, MIT DENEN ER ZUSCHLAGEN KONNTE.
WÄREN MEINE BRÜDER AM STÜCK ZURÜCKGEKOMMEN, HÄTTE ICH IHRE PRÜGEL GERNE IN KAUF GENOMMEN.
EINE GANZ SCHÖN MORBIDE SICHTWEISE. DAS GEFÄLLT MIR.
HÄH?

NUR ZWEI URNEN BLIEBEN VON MEINEN BRÜDERN ÜBRIG.
UND NUR IN EINER DAVON WAREN WIRKLICH ÜBERRESTE...

... DA VON EINEM DER BEIDEN NUR EIN FINGER GEFUNDEN WORDEN WAR.
ES WAR SO SCHRECKLICH UND ABSURD, DASS WIR NICHT EINMAL WEINEN KONNTEN.
ABER MEINE MUTTER, EINE STARKE FRAU, DIE IN DER MEIJI-ÄRA* ZUR WELT GEKOMMEN WAR...
... WEINTE SICHER IM STILLEN UM IHRE SÖHNE, WENN NIEMAND SIE SAH.
* 25. JANUAR 1868 - 30. JULI 1912

MEINE GÜTE. JETZT KANN ICH RUHIGEN GEWISSENS HEIMFAHREN.
ICH HABE BEKANNTE GETROFFEN, WAR IM KABUKI-THEATER, HABE EINE RAKUGO-VORFÜHRUNG UND ZWEI KINOFILME GESEHEN…
WANN HAST DU DAS ALLES GEMACHT?
NICHT DASS DU AUS ÜBERANSTRENGUNG UMKIPPST.
ZU NEUJAHR KOMMST DU NACH HAUSE, JA?
JA, JA.
MUTTER…
ÄHM…
TUT MIR LEID, DASS ICH DIR KEINE ENKELKINDER SCHENKE.
…
WAS SOLL DAS DENN JETZT?

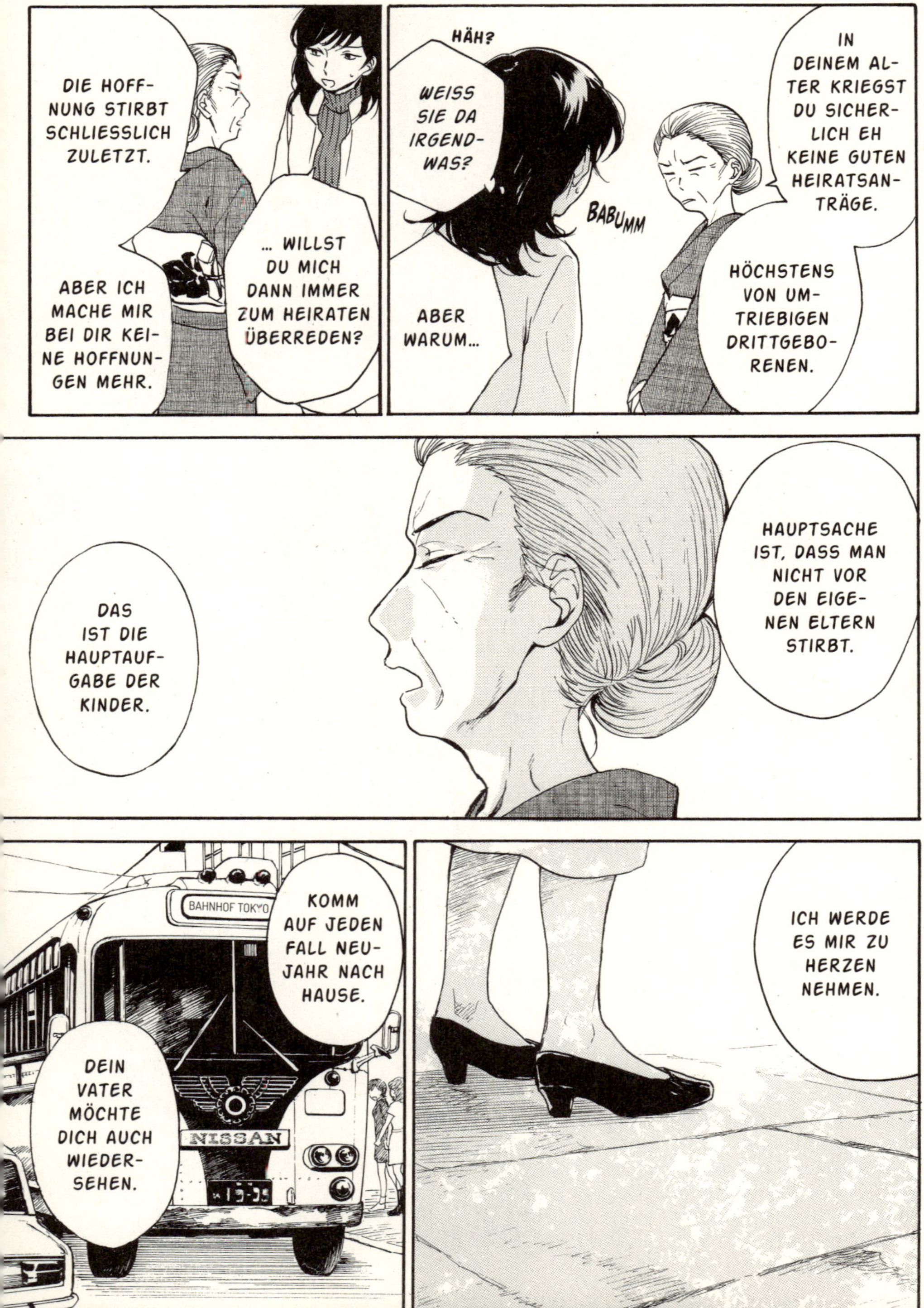
IN DEINEM ALTER KRIEGST DU SICHERLICH EH KEINE GUTEN HEIRATSANTRÄGE.
HÖCHSTENS VON UMTRIEBIGEN DRITTGEBORENEN.
HÄH?
WEISS SIE DA IRGENDWAS?
BABUMM
ABER WARUM…
… WILLST DU MICH DANN IMMER ZUM HEIRATEN ÜBERREDEN?
DIE HOFFNUNG STIRBT SCHLIESSLICH ZULETZT.
ABER ICH MACHE MIR BEI DIR KEINE HOFFNUNGEN MEHR.
HAUPTSACHE IST, DASS MAN NICHT VOR DEN EIGENEN ELTERN STIRBT.
DAS IST DIE HAUPTAUFGABE DER KINDER.
ICH WERDE ES MIR ZU HERZEN NEHMEN.
BAHNHOF TOKYO
KOMM AUF JEDEN FALL NEUJAHR NACH HAUSE.
DEIN VATER MÖCHTE DICH AUCH WIEDERSEHEN.
NISSAN

JA.
NOCH EIN GLAS?
DU TRINKST HEUTE ECHT VIEL.
IST DOCH EGAL. ICH BIN NICHT BETRUNKEN.

ICH KANN MICH IMMER WENIGER AUSSTEHEN.
DU HAST SCHON RECHT. ICH BIN VIEL ZU ALT, UM MENTAL NOCH SO EIN KLEINES MÄDCHEN ZU SEIN.
HABE ICH DAS GESAGT?
DAS HAST DU.
SICHER?
HAT DAS NICHT VIELLEICHT… JEMAND ANDERES…
NATÜR-LICH HAST DU DAS!
ICH DENKE IMMER NUR AN MICH UND NIE AN MEIN UMFELD.
ABER WÄHREND ICH AN EINEM ORT STEHENBLEIBE, VERÄNDERT SICH ALLES.
ICH BIN DARAN ÜBERHAUPT NICHT GE-WACHSEN…
ICH BIN 35 JAHRE ALT… NEIN, ICH BIN AB HEUTE 36….
HÄH?!
IST HEUTE DEIN GE-BURTS-TAG?!
ICH HABE EINER WICHTIGEN PERSON SCHRECKLI-CHE DINGE GESAGT…
ICH BIN SO EINE IDIOTIN.

ICH VERSTEHE DICH. WIR BEIDE SIND UNS ÄHNLICH.
WIR SIND NUR ZWEI FIGUREN, DIE HIER STÄNDIG IM KREIS GEHEN.
DU KÖNNTEST DICH ETWAS MEHR ÖFFNEN, UM MEHR SPASS ZU HABEN.
WILLST DU VIELLEICHT EINE RUNDE KARTEN SPIELEN?
...
ODER WIE WÄRE ES MIT BOWLING?
...
ODER WILLST DU VIELLEICHT MEINE FREUNDIN WERDEN?
...
HÄH?
WARUM DENN DAS JETZT?
NUR ZUM VERGNÜGEN. EIN ZEITVERTREIB.
UM DICH VON DEINEM KUMMER ABZULENKEN.

NEIN.
ICH HABE GESAGT, DASS ICH DICH HASSE.
DANN BIN ICH GENAU DER RICHTIGE. DU KANNST AUF MEINEN GEFÜHLEN RUMTRAMPELN…
… UND DEINE WAHRE LIEBE BLEIBT UNANGETASTET, ODER?
DAS NEHME ICH IHN KAUF…
STELL DIR EINFACH VOR, ICH WÄRE IRGENDEIN FREUND.

...
HM?
!
FASS MEINE HAND-SCHUHE NICHT AN.
WAS IST DENN DAMIT? DU TRÄGST SIE IMMER, ODER?
...
JA...
WEGEN EINER VERLET-ZUNG.

ICH HABE DOCH ERZÄHLT, DASS ICH REDAKTEU-RIN WAR.
ICH HABE GEKÜNDIGT, NACHDEM ICH EINEN BLÖDEN STREIT MIT EINEM AUTOR HATTE.
DAS STREIT-GESPRÄCH WUR-DE HANDGREIF-LICH UND DABEI IST EIN NAGEL ABGERISSEN.
WIE? EIN NAGEL?
WI... WILLST DU'S SEHEN?
HÄH?
DAS MACHT MIR NICHTS AUS.
...
NEIN...
ICH LASS DAS LIE-BER.

BESSER SO.
ICH WÜNSCHE DIR EINEN ANGENEHMEN ARBEITS-TAG.
MAMAAA. ICH FINDE KEINE SO-CKEN.
DIE SIND NOCH WELCHE.
IN DER KOMMODE SOLLTE NOCH EIN PAAR SEIN...

MICCHI?
HEY.
LANGE NICHT GESEHEN.
ICH BIN... EINFACH SO HERGEKOMMEN.
ICH HÄTTE ABER FRÜHER KOMMEN SOLLEN.
WIESO?
ACH, ICH HABE EINE ART GLÜCKSSPIEL VERLOREN.
OB ICH DIE BÜCHSE DER PANDORA ÖFFNE ODER NICHT...
UND AM ENDE HABE ICH SIE NICHT AUFGEMACHT.
ABER ES HAT MICH DAZU GEBRACHT, ALL MEINEN MUT ZUSAMMENZURAFFEN UND HERZUKOMMEN.

…
Es fühlt sich nicht toll an, aber…
… dennoch wollte ich gerne einmal meine beste Freundin wiedersehen.
Aber ist…
… das denn dann eine gute Sache für dich?
Mama.
Meine Socken.
Ha-ha.
Ich rufe dich später mal an.

WARTE...
BITTE GEH NICHT.
ES IST MEINE SCHULD.
ALSO...
KIYO, DU BIST DARAN NICHT SCHULD.
ICH... ALSO ICH...

… BIN ES DOCH, DIE IHREN PLATZ IM LEBEN NICHT FINDEN KANN.
ICH MEINTE, DASS ICH MICH NUR DEINETWEGEN NICHT VERÄNDERN KONNTE.
ES WAR SO EINFACH FÜR MICH, SO ETWAS ZU DENKEN.
ABER ICH HABE JETZT AUFGEHÖRT, SO ZU DENKEN.
ICH WERDE JETZT…
… DIE VERANTWORTUNG FÜR MEIN LEBEN ÜBERNEHMEN, KIYO.

DIE MANNSCHAFT DER APOLLO 11, DIE VOR EINIGEN TAGEN AUF DEM MOND GELANDET WAR...
... IST NUN WIEDER HEIL AUF DIE ERDE ZURÜCKGEKEHRT...
TOLL. ICH MÖCHTE AUCH AUF DEN MOND FLIEGEN.
WENN ICH DAS GROSSE GELD MACHE, WIRD DAS VIELLEICHT WAS.
NIMM MICH DANN BITTE MIT.
DER MOND?
DAS IST DOCH NUR EIN TECHNOLOGIE-WETTSTREIT ZWISCHEN DEN USA UND DER SOWJETUNION.
DEN MOND KANN MAN DOCH AUCH EINFACH REISKUCHEN ESSEND IM HERBST BEIM MOND-FEST BEWUNDERN.
MENSCH, MASUMI. DU BIST DOCH SELTEN SO SCHLECHT DRAUF.
ACH.
BIST DU ETWA AMERIKAHASSER?
...
HEY, MASUMI.

HÖR MAL.
ICH WÜRDE DIR GERNE EINEN ANTRAG MACHEN.
WIE?
WIRK-LICH?!
WIRKLICH.
ICH WÜRDE GERNE EINE FIRMA GRÜNDEN…
… KANNST DU FÜR MICH HERAUSFIN-DEN, WO ICH VISITENKARTEN DRUCKEN LAS-SEN KANN?
…
WAS DENN?

WAS DENN FÜR EINE FIRMA?
ICH MÖCHTE BÜCHER DRUCKEN UND VERKAUFEN.
ICH GLAUBE NICHT, DASS DAS WAS WIRD.
OHNE GELDGEBER UND BEZIEHUNGEN?
DAS WEISS MAN ERST, WENN MAN ES PROBIERT HAT.
ICH HABE BESCHLOSSEN, DASS ICH EINEN ORT FÜR MICH ERSCHAFFEN WERDE.
MASUMI.
WIR BEIDE SIND DRITTGEBORENE UND DAS VERBINDET UNS.
DAHER WEISST DU DOCH, WARUM ICH DICH UM HILFE BITTE, ODER?
...
DU WIRKST IRGENDWIE SO FRÖHLICH...
DAS ENTTÄUSCHT MICH EIN WENIG.
NA, VIELEN DANK.

#4

1961
WINTERANFANG
KIYOKO, ES MUSS FÜR DICH SEHR SCHWER GEWESEN SEIN.
KLACKS
… ABER DAS IST JETZT VERGANGENHEIT.
KIYOKO
28 JAHRE ALT
TROTZ DEINER VERSTÜMMELUNG KANNST DICH UM DEN HAUSHALT KÜMMERN, ODER?
DAS IST ALSO GAR KEIN PROBLEM.

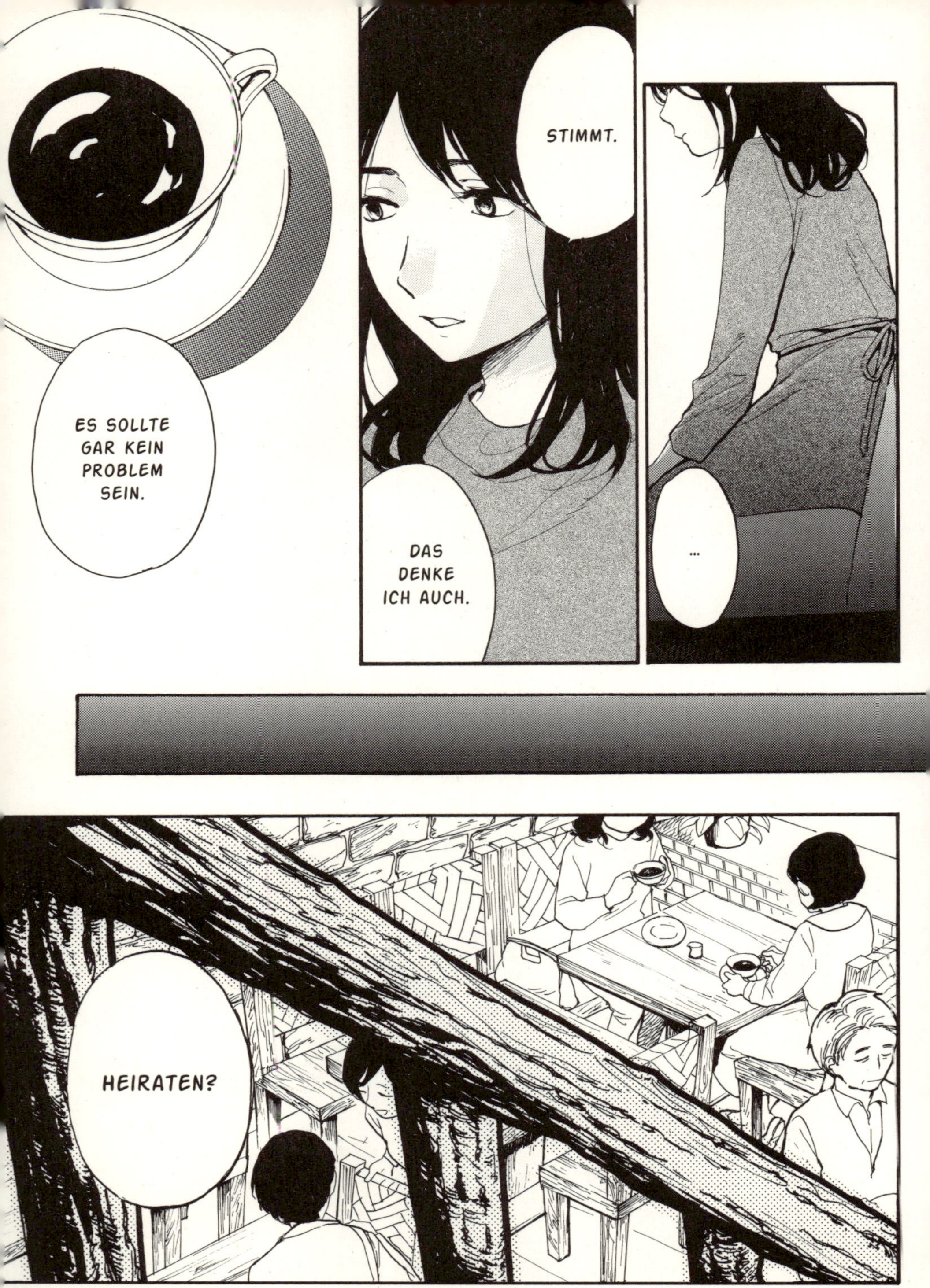
STIMMT.
...
DAS DENKE ICH AUCH.
ES SOLLTE GAR KEIN PROBLEM SEIN.
HEIRATEN?

MITSU
28 JAHRE ALT
LETZTES JAHR WURDEN WIR UNS VORGESTELLT.
ER IST DER SOHN EINES ARZTES, DER MIT MEINEM VATER BEFREUNDET IST.
DIE ZEREMONIE IST NÄCHSTES JAHR... KURZ NACH NEUJAHR...
NACH DER HOCHZEIT WERDE ICH WOHL ERST MAL NACH YOKOHAMA ZIEHEN.
SCHWUSCH SCHWUSCH
...

SAGST DU GAR NICHTS DAZU?
SOLL ICH DIR JETZT ETWA GRA-TULIEREN?
KLOCK
ICH HÄTTE WISSEN MÜSSEN, DASS ES SO KOMMT.

NACH ALLEM, WAS WIR GETAN UND DIE ZEITUNGEN GESCHRIEBEN HABEN.
DAS SIND JETZT WOHL DIE KONSEQUENZEN.
VERSTEH MICH BITTE NICHT FALSCH.
AN MEINEN GEFÜHLEN HAT SICH ÜBERHAUPT NICHTS VERÄNDERT.
ICH MÖCHTE MICH NICHT VON DIR TRENNEN, MICCHI...
VERLANGST DU JETZT NICHT ETWAS ZU VIEL VON MIR?
DU STÖSST MICH EINFACH AUF DEN RANG EINER FREUNDIN HERAB.
MICCHI.

ES WIRD SICH WIRKLICH NICHTS ÄNDERN.
ICH WERDE JETZT ZWAR HEIRATEN...
... ABER BITTE VERLASS MICH NICHT...
DANACH SCHRIEB MIR KIYO EINEN LANGEN BRIEF.
ES TUT MIR WIRKLICH LEID, DASS ES SO GEKOMMEN IST.
ABER ICH MEINE, WAS ICH GESAGT HABE.

ES GAB VIELE GRÜNDE FÜR DIESE HOCHZEIT...
MEINE ELTERN SIND SCHON SEHR ALT UND BESONDERS MEIN VATER MACHT SICH GROSSE SORGEN UM MICH...
DAS IST BEI MIR DOCH GENAUSO.
UND ICH BIN EIN EINZELKIND.
KIYO HAT NOCH ZWEI ÄLTERE GESCHWISTER.
...
TATSÄCHLICH SOLL DIE EHE NUR FORMELL SEIN.
DIE GEFÜHLE, DIE WIR FÜREINANDER HABEN, SIND MIR WICHTIGER ALS FAMILIE, DAS GESETZ ODER EINE KÖRPERLICHE BEZIEHUNG.
MEINE GEFÜHLE FÜR DICH BLEIBEN VON DIESER EHE UNBERÜHRT, ICH EMPFINDE FÜR DICH IMMER NOCH DASSELBE WIE FRÜHER...
JETZT TUT MIR DEIN PARTNER LEID.
WENN IHR SCHON HEIRATET, SOLLTE DAS DOCH AUF GEGENSEITIGEM EINVERSTÄNDNIS BERUHEN.

IST DIR DENN EGAL, DASS ICH HEIRATE, MICCHI?
DU HAST DAS DOCH EINFACH SO ENTSCHIE-DEN!
BATSCH
DER TEXT WIRKT UNREIF...
ER PASST GAR NICHT ZU IHR.
VIELLEICHT WILL SIE EINFACH NUR VERBUNDEN-HEIT ZEIGEN...
EINE EHE SOLLTE MAN VOR ALLEM POSITIV AN-GEHEN.
WENN MAN NICHT MÖCHTE, SOLLTE MAN KLAR SAGEN, DASS MAN ES NICHT MÖCHTE.
ABER IST ES NICHT AUCH NORMAL, DASS MAN DIREKT VOR DER EHE UNSICHER IST UND ZWEIFELT?

ES IST SCHLIESSLICH EIN GROSSER SCHRITT IM LEBEN.
WENN SICH DAS UMFELD ÄNDERT, FÜHLT MAN SICH NATÜRLICH UNSICHER.
IST DAS SO?
IN FILMEN KOMMT ES IMMER SOFORT ZUR HOCHZEITSZEREMONIE, NACHDEM DIE FRAU SICH ZUR HEIRAT ENTSCHLOSSEN HAT.
SORGEN ODER ZWEIFEL SIND DA SELTEN ZU SEHEN…
DAS LIEGT DARAN, DASS DIE REGISSEURE ALLE MÄNNER SIND.
ABER ES PASSIERT NICHT SELTEN, DASS DIE EHEFRAU DANN MIT EINEM ANDEREN MANN DURCHBRENNT.
TJA, DAS MAG SEIN…
DIESER FRAU SCHEINT IHRE ALTE BEZIEHUNG JEDENFALLS SEHR WICHTIG ZU SEIN.
DIESE BEZIEHUNG ZU »EINER FREUNDIN DEINER FREUNDIN«…

ABER DIE REALITÄT UNTERSCHEIDET SICH NUN MAL VON KINOFILMEN.
EHEN SIND FÜR ALLE VERSCHIEDEN UND ES GIBT UNTERSCHIEDLICHE ARTEN VON HAPPY END...
APROPOS ENDE..
WIE LANGE BRAUCHEN SIE NOCH FÜR DAS MANUSKRIPT?
HM. NOCH EIN WENIG.
OKAY...
LIEBE KIYOKO...

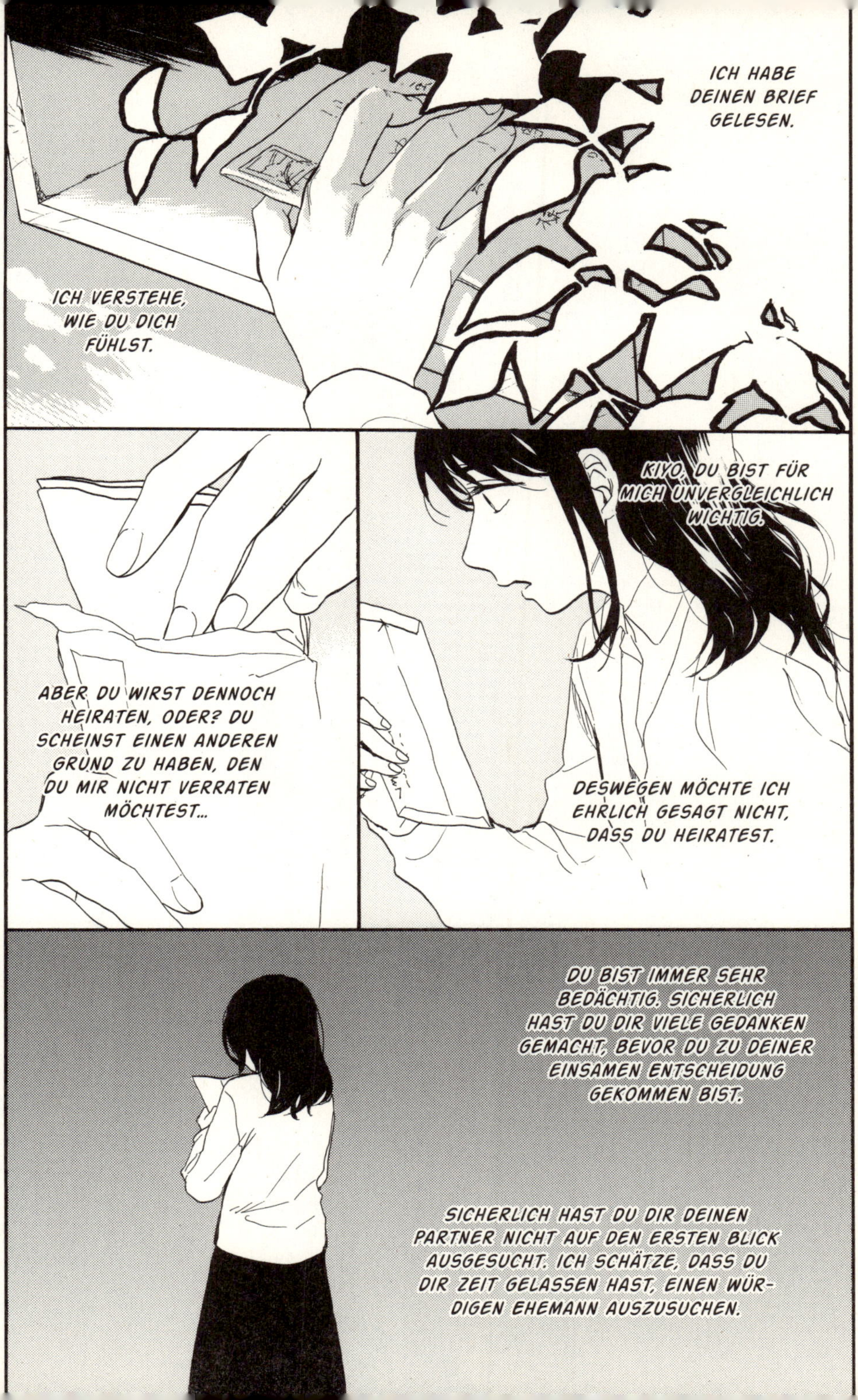
ICH HABE DEINEN BRIEF GELESEN.
ICH VERSTEHE, WIE DU DICH FÜHLST.
KIYO, DU BIST FÜR MICH UNVERGLEICHLICH WICHTIG.
ABER DU WIRST DENNOCH HEIRATEN, ODER? DU SCHEINST EINEN ANDEREN GRUND ZU HABEN, DEN DU MIR NICHT VERRATEN MÖCHTEST...
DESWEGEN MÖCHTE ICH EHRLICH GESAGT NICHT, DASS DU HEIRATEST.
DU BIST IMMER SEHR BEDÄCHTIG. SICHERLICH HAST DU DIR VIELE GEDANKEN GEMACHT, BEVOR DU ZU DEINER EINSAMEN ENTSCHEIDUNG GEKOMMEN BIST.
SICHERLICH HAST DU DIR DEINEN PARTNER NICHT AUF DEN ERSTEN BLICK AUSGESUCHT. ICH SCHÄTZE, DASS DU DIR ZEIT GELASSEN HAST, EINEN WÜR-DIGEN EHEMANN AUSZUSUCHEN.

DU HAST DICH ENTSCHIEDEN, EINE FAMILIE ZU GRÜNDEN. WENN DU DAS WIRKLICH FÜR DAS RICHTIGE HÄLTST, KANN ICH DAGEGEN NICHTS SAGEN.
ICH STOSSE DICH NICHT WEG. DOCH GIB MIR ETWAS ZEIT.
WENN WIR UNS DAS NÄCHSTE MAL WIEDERSEHEN, MÖCHTE ICH DIR VON HERZEN GRATULIEREN KÖNNEN…
ES TUT MIR LEID…
VERGIB MIR…
…
EIGENT-LICH…

ICH SCHAFFE ES EINFACH NICHT.
BEI DEN EINFACHSTEN ARBEITEN VERSAGE ICH IMMER NUR.
ICH VERRECHNE MICH ODER VERWECHSELE MENSCHEN…
MEIN UMFELD VERZWEIFELT MIT MIR. ICH VERLIERE IMMER MEHR DAS VERTRAUEN AN MICH SELBST.
IN DER SCHULZEIT WAR ES ANDERS, ABER IN DER ARBEITSWELT HABE ICH GELERNT, DASS ICH UNZULÄNGLICH BIN.

ICH WÄRE GERNE EINE FRAU WIE DU, MICCHI. DU BIST STARK UND KÄMPFST DICH DURCHS LEBEN.
ABER ICH SCHAFFE ES EINFACH NICHT, AUF EIGENEN BEINEN ZU STEHEN UND FÜR MICH SELBST ZU SORGEN. ICH KONNTE ES DIR NICHT SAGEN, WEIL ICH MIR SO ERBÄRMLICH VORKOMME...
DAHER HABE ICH MICH ZUR EHE ENTSCHIEDEN. ICH KANN ZUMINDEST DIE ARBEITEN IM HAUS ERLEDIGEN UND BIN KEINE BELASTUNG FÜR IRGENDWEN.
ES MAG NICHT DER BESTE GRUND FÜR EINE EHE SEIN, ABER ICH HOFFE, DASS ES DAS RICHTIGE IST.
SAG MIR DAS DOCH FRÜHER...

Kiyoko.
Eine Frau Hashida ist für dich am Telefon.
Hallo?
Hallo, Kiyo?
Wie? Micchi?
Hast du nächste oder übernächste Woche einen Tag Zeit?
Wollen wir auf eine Reise gehen?
Ich hatte mich schon gefragt, wer diese Frau Hashida sein könnte.
Du bist doch bei deiner Familie und sie hätte uns sonst nicht reden lassen…
Und? Wie wäre eine Reise?

DAS KOMMT PLÖTZLICH…
DIE FEIER IST NÄCHSTES JAHR, ODER?
WARUM DENN NICHT? NUR FÜR EINE ÜBERNACHTUNG.
ACH, NEIN. ICH MUSS MICH ERST MAL ENTSCHULDIGEN.
TUT MIR LEID. ICH HABE DIR ANSCHEINEND NICHT ORDENTLICH ZUGEHÖRT…
JA…
ICH WEISS EHRLICH GESAGT NICHT, WIE ES NACH DEINER HOCHZEIT AUSSEHEN WIRD…
… ABER ICH WILL MICH SO NICHT TRENNEN.
ICH WILL EINFACH VORHER EINE REISE MACHEN…
ALSO KOMM DOCH MIT.
DU BIST NOCH NICHT VERHEIRATET UND GEHÖRST SOMIT AUCH NIEMANDEM, ODER?
JA.

MICCHI!
!
KIYO...
TUT MIR LEID, DASS ICH SPÄT DRAN BIN.
SCHAFFEN WIR ES ZEITLICH NOCH ZUM ZUG?

IST IRGENDETWAS?
NEIN! ES IST GAR NICHTS.
KOMM. LOS.
?
SCHNELLZUG
TOKKAI
SO VIELE LEUTE.
KEIN WUNDER, ODER?
ES IST JA DER SCHNELLZUG NACH IZU.

Ich habe mir die ausgeliehen.
Damit ich viele Fotos aus dem Zug und von der Landschaft in Izu machen kann.
Ach, wirklich?
Kaklicks
Einer unserer Autoren braucht Bilder. Und vielleicht schreibe ich auch selber mal etwas und kann die Fotos dafür verwenden.
Hey!
Was machst du einfach so Fotos?!
Das saugt Leuten noch die Seele aus.
Was war das denn für ein alter Mann?
Kicher
E…es tut mir leid.
Der alte Herr ist wohl sehr abergläubisch.

ICH SOLLTE DAS NICHT FRAGEN, WEIL ICH DICH DAMIT ÜBERRUMPELT HABE...
... ABER HAT DEIN GEGENÜBER SO EINFACH DIE REISE ERLAUBT?
JA, DAS WAR GAR KEIN PROBLEM.
...
TUT MIR LEID, DASS ES SO GEKOMMEN IST...
SCHON GUT. DU MUSST DICH NICHT ENTSCHULDIGEN.
ICH BIN JA AUCH SCHULD DARAN.
ICH HATTE SO VIEL MIT MIR SELBST ZU TUN.
WENN ICH DOCH NUR ALS MANN GEBOREN WORDEN WÄRE...
... DANN WÄRE ALLES ANDERS...
ABER ICH MÖCHTE DIESMAL EINE SACHE AUSPROBIEREN.
ACH, DAS SOLLTE ICH DIR AUCH VORHER SAGEN...
WAS DENN?

ICH HABE GEHÖRT, DASS AUCH ZWEI FRAUEN ES TUN KÖNNEN...
...
HÄH?
WAS?
AH!
EIN LUNCHPAKET!
ZWEI STÜCK BITTE.
...
WAS IST DAS?

ERKENNT MAN DAS NICHT? EINE GESCHICHTE VON ZWEI FRAUEN, DIE SICH VOR EINEM MÄNNLICHEN KUNDEN VERWÖHNEN.
ACH.
ANSCHEINEND GAB ES KUNDEN, DIE SO ETWAS VERLANGT HABEN.
ABER KÜSSEN DIE SICH NICHT EINFACH NUR?
ES GIBT ABER AUCH SOLCHE BILDER.
AAAACH.
WER HAT DAS DENN GEZEICHNET?
DER KÜNSTLER IST EIN UNBEKANNTER AMATEUR, DER WOHL EINFACH HOKUSAI* NACHGEAHMT HAT.
WIE?
DAS IST ALLES VON EINEM AMATEUR GEMALT UND GEDRUCKT? EINFACH SO?
* KATSUSHIKA HOKUSAI (1760-1849), JAP. MALER UND WICHTIGSTER VERTRETER DES UKIYO-E-GENRES
DAS KOMMT MIR WIE VIEL MÜHE VOR... DAFÜR DASS MAN KEIN GELD DAMIT VERDIENT HAT.
DA STECKT LIEBE DRIN.
IN DER STUDIENZEIT FÜHLTE ICH MICH AUCH VERLEITET, AMATEURGESCHICHTEN ZU SCHREIBEN.
...
SAGEN SIE...
... KANN ICH MIR DAS AUSLEIHEN?
NEIN.

BLÄTTER
HAT SIE IHM ETWA VON MIR ERZÄHLT?
ICH HABE NICHT VON UNS ERZÄHLT.
ICH MEINTE, ES WÄRE EINE FREUNDIN EINER FREUNDIN.
ICH HABE IHM ABER ALLERLEI DINGE ERZÄHLT. MACH DIR DESWEGEN KEINE ZU GROSSEN GEDANKEN.
...
RICHTIG WOHL FÜHLE ICH MICH...
... DABEI NICHT.

EINE KÖRPERLICHE BEZIEHUNG IST MEINER MEINUNG NACH NICHT SO WICHTIG…
SOLANGE DIE HERZEN SICH VERSTEHEN, IST DAS GESETZ, DIE FAMILIE UND DAS GESCHLECHT EGAL.
DAS HAST DU FRÜHER DOCH AUCH GESAGT.
ABER JETZT SIEHT DIE LAGE DOCH GANZ ANDERS AUS.
KIYO, DU WIRST NÄCHSTES JAHR EINEM MANN DEIN WORT GEBEN, DEN ICH NICHT KENNE.
ICH WILL ES IRGENDWANN NICHT BEREUEN, DASS WIR NICHT…
WENN DU NICHT WILLST, DANN SAG ES MIR.
ICH HÄTTE NICHTS DAGEGEN.
…
ICH GEHE KURZ INS BAD.

DAS IST SO ABSURD.
WARUM JETZT?
HERR NAKAI, NOCH EIN BIER.
JAWOHL
WA HA HA HA HA HA.
SCHEPPER SCHEPPER

DIE LEUTE IM ANDEREN RAUM SPIELEN DIE GANZE ZEIT MAH-JONGG.
DAS STUDENTENPAAR ÜBER UNS SPIELT EINE SCHALLPLATTE, DAMIT MAN NICHTS HÖRT.
GANZ SCHÖN DREIST.
ECHT LAUT, ODER?
ABER DAS TRIFFT SICH GUT.
WARTE.

DU BIST NOCH NICHT VERHEIRA-TET, ODER?
DANN GEHÖRST DU AB JETZT ALSO ZU MIR.
HA HA HA HA!

#5

#5

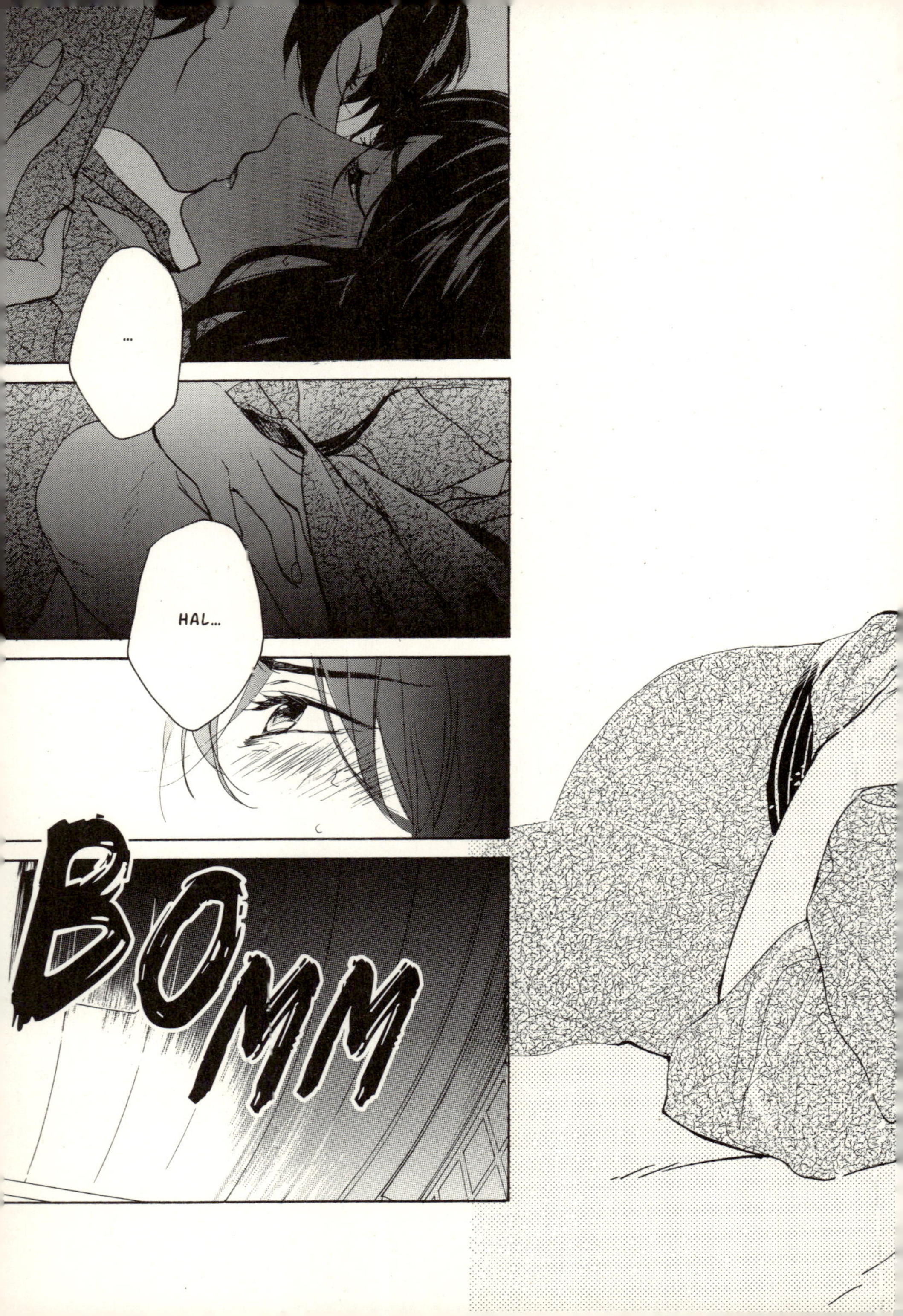
...
HAL...
BOMM

TRAPPEL
TRAPPEL
TRAPPEL
KIYO...
SPUUUUCK
RÖCHEL
!

LASSEN WIR ES...
...
SAG MAL.
BIST DU ETWA SCHWAN-GER?

WAS... WAS REDEST DU DENN DA?
ALS WIR UNS HEUTE MORGEN TRAFEN...
WIE?
... KAM ES MIR IRGENDWIE SCHON SO VOR.
BI...BIN ICH GAR NICHT.
DAS KANN NICHT SEIN...
KANNST DU ES DIR ECHT NICHT VORSTEL-LEN?

WIRKLICH?
SCHLIESS-LICH... WAR ES..
... NUR EINMAL...
OBWOHL ER ARZT IST, WUSSTE ER NICHT, WIE MAN VERHÜTET.
ABER...
ABER WEIL MIR DER FINGER FEHLT...
... MEINTE ER, DASS ER ES VOR DEM EHESCHLUSS EINMAL AUS-PROBIEREN WOLLTE.

KNACKS
KIYO, WEISST DU...
ICH HATTE MIR EIN WENIG HOFFNUNGEN GEMACHT.
... DASS UNSERE BEZIEHUNG...
... NEBEN DEINER EHE WEITERBESTEHEN KÖNNTE.
ABER ES WAR WOHL GRUND-SÄTZLICH UNMÖGLICH.

I...
ICH WILL DAS KIND NICHT BEKOMMEN...
DAS GEHT NICHT.
DENK NICHT SO EINEN UNSINN.
DU MUSST DAS KIND BEKOMMEN.
DU WIRST DOCH JETZT HEIRATEN, ODER?
EGAL WER DER PARTNER AUCH SEIN MAG...
DU HAST DICH NUN MAL SO ENTSCHIEDEN.

GEHT ES WIRKLICH NICHT MEHR?
ES GEHT NICHT MEHR.
DAS ALLES...
... IST HIERMIT VORBEI.

ALS ICH AUFWACHTE, WAR MICCHI SCHON NICHT MEHR DA.
WATAMMS
BWOTOMMS
ICH HABE WIEDER EI-NEN FEHLER GEMACHT.
WARUM BEMERKE ICH DAS IMMER ERST, NACHDEM ES ZU SPÄT IST?

WATAMMS
BWOTOMMS
BWOOOOOOH
1963
VORFRÜHLING

MEINE GÜTE. ERIKO IST SO NIEDLICH.
HAT SIE SCHON WAS GESAGT?
NEIN, NOCH NICHT.
ICH BIN FROH, DASS ICH HERGEKOMMEN BIN, UM SIE ZU SEHEN.
EIN ENKELKIND IST WIRKLICH UNFASSBAR NIEDLICH.
MEINE SCHWESTER HAT DOCH AUCH SCHON EIN KIND.
UND KAZUKOS KIND IST SCHON FAST IN DER GRUNDSCHULE.
KIYOKO 29 JAHRE ALT
EIN BRAVES KIND, ODER?
VERSTEHST DU DICH DENN GUT MIT DEN SCHWIEGERELTERN?
JA, SIE KOMMEN UNS MANCHMAL AUCH BESUCHEN… ACH.

OJEMINE. SO EINE SCHÖNE TORTE.
DAS IST EINE BUTTER-CREME-TORTE.
KENICHI MEINTE, ICH SOLLE SIE MIT DIR ESSEN.
HAT ER ETWA EXTRA SO EINE GROSSE TORTE GE-KAUFT?
DEN REST KANNST DU DANN GERNE MITNEHMEN UND MIT DEN ANDEREN ESSEN.
ER KAUFT HÄUFIG KUCHEN.
OFT? DABEI IST HEUTE NICHT MAL EIN BESONDERER TAG, ODER?
ACH SO.
SCHÖN, DASS ER EIN NETTER MANN IST.
...
WARUM WEINST DU DENN?
ES IST NUN MAL SO...
...

ICH BIN SO FROH, DASS DU GEHEIRATET HAST, KIYOKO.
ES GIBT FÜR MICH KEIN GRÖSSERES GLÜCK, ALS DASS DU SO EINEN TOLLEN EHEMANN GEFUNDEN HAST.
MAG SEIN...
ICH BIN ZURÜCK.
WILLKOMMEN ZU HAUSE.
SO EIN ÄRGER. GERADE ALS ICH GEHEN WOLLTE, KAM EIN NEUER PATIENT HEREIN.

MÖCHTEST DU ERST ESSEN…
… ODER ERST INS BAD?
ACH, HIER.
ES GAB BEIM KUCHEN-LADEN VOR DEM BAHNHOF EIN ANGEBOT.
OH… DANKE.
DAS FREUT MICH.

ABER TORTEN SOLLTEST DU NICHT SO OFT KAUFEN.
ICH KANN SIE ALLEINE NICHT AUF-ESSEN.
DANN LAD DOCH EIN PAAR FREUNDIN-NEN EIN.
WIR WOHNEN HIER OHNE UNSERE ELTERN UND DU MUSST DICH ALSO NICHT ZURÜCKHALTEN.
WAS IST MIT ERIKO?
SCHLÄFT SIE SCHON?
KLAPP
MEIN MANN KAUFT HÄUFIG TORTE.

ZU BEGINN HATTE ICH MICH NOCH DARÜBER GEFREUT.
ABER ALLEINE KONNTE ICH SO GROSSE TORTEN NIE UND NIMMER ESSEN.
DURCH DEN UMZUG HABE ICH HIER KEINE FREUNDE.
UND AUS TOKYO KANN ICH SIE NICHT EINFACH HERRUFEN.
SICHERLICH WILL ER MICH DAMIT IRGENDWIE AUFMUNTERN.
WAHRSCHEINLICH HAT ER IMMER NOCH ETWAS MIT DER KRANKEN-SCHWESTER.
ABER ICH EMPFINDE ZU WENIG FÜR IHN, ALS MICH DARÜBER ZU ÄRGERN.

SOLANGE ICH DAS KIND PROBLEMLOS GROSSZIEHEN KANN, IST MIR DAS ABER EGAL.
DAS ALLEIN REICHT MIR.
MEINE TOCHTER IST JETZT MEIN LEBENSINHALT.
VON AUTORINNEN
ICH GAB MICH GANZ DEM LESEN HIN.
ZUVOR HATTE MICH DAS NUR WENIG INTERESSIERT.
ES KAM MIR VOR, ALS WÜRDEN DIE AUTORINNEN IN ÄHNLICHEN SITUATIONEN STECKEN UND...
... SICH DURCH DIE STRAHLENDEN WELTEN IN DEN GESCHICHTEN EIN WENIG TRÖSTEN WOLLEN.
TOPBELIEBT
TOPINHALT

GUTEN TAG.
HALLO, JUNGE FRAU.
BEI DEM WETTER KOMMT MAN ECHT INS SCHWITZEN.
DAS STIMMT WOHL.
ICH KANN DIE HITZE NICHT AB.
WENN MAN ESSEN DRAUSSEN STEHENLÄSST, WIRD ES IMMER SOFORT SCHLECHT.
ICH MAG DEN WINTER LIEBER.
DAS STIMMT. MIR GEHT ES GENAUSO.
DER WINTER IST SCHÖN...
GEMEINSAMER SELBSTMOR
VIELEN DANK.

WARUM EIGENT-LICH?
DIESER ROMAN HAT-TE MICH SEIT LANGER ZEIT IRGENDWIE ANGEZOGEN.

* HEISSES BAD MIT QUELLWASSER

* AOHON: ILLUSTRIERTE BÜCHER AUS DER EDO-ZEIT MIT MEIST ANRÜCHIGEM INHALT

ACH, DAS.
ES WÄRE MIR LIEBER, WENN DU NUR MEINE MANU-SKRIPTE...
... UND NICHT BÜCHER AUS MEINEM PRIVAT-BESITZ AN DICH NEHMEN WÜRDEST.
ICH HABE NICHTS MITGE-NOMMEN.
HIER LIEGT ES DOCH...
SIE HABEN ES WOHL NUR ÜBERSE-HEN.
HMPF.
DANN IST JA ALLES IN ORDNUNG.
DU BIST AUF EINER REISE GEWESEN, ODER?
MIT EINER FREUN-DIN?

ERZÄHL MIR DAVON.
...
ICH WERDE ÜBERSEHEN, DASS DU DAS BUCH MITGENOMMEN HAST.
ABER DAFÜR ERZÄHLST DU MIR DEINE GESCHICHTE.
SCHLIESSLICH HABE ICH DIR MIT DEM BUCH EINE GUTE ANREGUNG GELIEFERT.

SIE WOLLEN DOCH MEINE GESCHICHTE EINFACH FÜR EINS IHRER WERKE MISS-BRAUCHEN, ODER?
DAS WILL ICH AUF KEINEN FALL.
WIE BITTE?
VER-DAMMTER ALTER FUCHS.
TSS.
HÖR MAL. ES MAG HART FÜR DICH SEIN, ABER DU BIST NICHT DIE EINZIGE, DIE SO ETWAS DURCH-MACHT.
DURCH EINEN GUTEN SCHRIFT-STELLER KANN EINE ALLTÄGLICHE TRAGÖDIE WIE DEINE AN WERT GEWINNEN. DEINE GESCHICHTE KÖNNTE VIELE MENSCHEN BERÜHREN.
EINE ALL-TÄGLICHE TRAGÖDIE…
ICH KANN NICHT SAGEN, DASS ICH ES ALS EHRE EMPFINDE. ABER SIE HABEN VIELLEICHT RECHT.

GUT.
ALS REDAKTEURIN...
... GLAUBE ICH AN IHR KÖNNEN UND WERDE...
... MEINE GESCHICHTE ERZÄHLEN.
KNISTER
KNISTER

BLÄTTER
...
WIE ERWARTET...
SEIN KÖNNEN ALS AUTOR IST DOCH EHER BESCHEIDEN.
ES LIEST SICH WIE JEDE SEINER GESCHICHTEN.
KNISTER KNISTER
HACH.
FRAU SONODA.
KANN DAS AUCH NOCH IN IHREM FEUERCHEN MIT VERBRANNT WERDEN?
JA.
WIR MACHEN EIN RICHTIG GROSSES FEUER.
ICH HATTE AUF IHN VERTRAUT, ABER ALS ICH MEINE ERLEBNISSE IN SEINEN WORTEN LAS...
... ERSCHIEN MIR PLÖTZLICH ALLES SO BANAL.

WER WIRD DAS SCHON LESEN? SICHER NUR DIE LEUTE, DIE SEINE GESCHICHTEN IMMER SCHON BEWUNDERN.
ODER IRGENDWELCHE LEUTE, DIE NUR VON DEM TITEL ANGEZOGEN WERDEN.
ZUM JAHRESBEGINN KÜNDIGTE ICH DANN MEINEN JOB.
ICH NENNE MICH REDAKTEURIN, ABER ICH SAMMLE DOCH NUR MANUSKRIPTE EIN UND KOCHE TEE…
HMPF.
MEINE VERGANGENHEIT IST GANZ GEWÖHNLICH.
ALSO KANN ICH SIE UNBEFANGEN ABWERFEN.
DANN KANN ICH WEITERGEHEN…

LEBE WOHL, KIYO.

#6

KIYO?
ICH SOLL RUNTER-SCHAUEN?

UWAAAH!
MITSU
23 JAHRE ALT
GUTEN MORGEN.
HATTEST DU EINEN ALBTRAUM?
JA...
ABER ICH KANN MICH NICHT MEHR RICHTIG DARAN ER-INNERN...

KAORU, TUT MIR LEID, DASS DU FÜR MICH ESSEN MACHEN MUSST.
SCHON GUT. ICH HABE DICH JA GEWECKT.
DAS ABENDESSEN MACHE ICH DANN.
LASS DIR AUF DER ARBEIT LIEBER ZEIT.
AH, ICH MUSS NUR NOCH BEIM AUFRÄUMEN HELFEN…
ABER ANSONSTEN WAR'S DAS DANN.
WIE?
DIE FIRMA IST PLEITEGEGANGEN…
WAS?!
IN DIESER WIRTSCHAFTSLAGE?!
DER BANKROTT HAT WOHL NICHTS MIT DER WIRTSCHAFTSLAGE ZU TUN.
JEDENFALLS MUSS ICH MIR NEUE ARBEIT SUCHEN.
1957 TIEFSTER WINTER

WIR SUCHEN NUR BÜROKRÄFTE.
23?
ICH HÄTTE LIEBER JEMANDEN MIT MEHR BERUFSERFAHRUNG…
WIR HABEN MOMENTAN GENUG…
… SEKRETÄRINNEN IM HAUS…
NEIN, ÄHM… NICHT BÜROARBEIT. ICH WILL IN DER REDAKTION ARBEITEN.
ICH HABE ZUVOR BEI EINEM VERLAG GEARBEITET UND KENNE MICH DAMIT ALSO AUS.
AUCH WENN DIE FIRMA PLEITE GING.
ACH, AUSSERDEM HABE ICH NICHT VOR, ZU HEIRATEN. SICHER KANN ICH PROBLEMLOS ZEHN, ZWANZIG JAHRE ARBEITEN…
HA-HAHAHA-HA.
WIR SEHEN UNS IHRE UNTERLAGEN AN UND MELDEN UNS DANN TELEFONISCH.
VI… VIELEN LIEBEN DANK.

TSCHAPLING
TSCHAPLING
...
DAS LACHEN HÄTTE ER SICH SPAREN KÖNNEN...
TSCHAPLING
ICH HABE ES GANZ SICHER NICHT ALS WITZ GE-MEINT.
TSCHAPLING
BAMM BAMM
SIE MELDEN SICH TELEFONISCH... DAS WIRD WAHRSCHEIN-LICH AUCH NICHTS...
WAS SOLL ICH JETZT MACHEN?
ICH MUSS MEINE AN-SPRÜCHE WOHL RUNTER-SCHRAUBEN, EINFACHERE JOBS GIBT ES JA DURCHAUS EINE MENGE.
BITTE NICHT GEGEN DEN AUTOMATEN HAUEN.
ES KOMMT ABER NICHTS RAUS.
ABER NUN JA...
KRÄH
KRÄÄH
KALORIEN
OH.

TUT MIR LEID.
ICH HABE VERGESSEN, DAS ESSEN ZU MACHEN.
DU KOMMST GENAU RICHTIG, ICH HABE GERADE FERTIG GEKOCHT.
TUT MIR LEID... VERGIB MIR.
DANKE FÜRS ESSEN...
SICHERLICH WARST DU WIEDER BEIM PACHINKO, ODER?
...
HAST DU ECHT WIEDER AN DEN AUTOMATEN GESPIELT?
OBWOHL DU KEINE ARBEIT HAST, GEHST DU DORT EINFACH SO DAS GELD AUF DEN KOPF HAUEN!
DAS IST DOCH KEIN ORT, AN DEM JUNGE FRAUEN EIN- UND AUSGEHEN SOLLTEN.
ICH GEHE DOCH NICHT ARBEITEN, UM DICH DURCHZUFÜTTERN, MITSU.
JA...
JETZT IST MIR DER APPETIT VERGANGEN.

EIGENTLICH SOLLTEN SIE ÜBERALL ARBEITER SUCHEN…
ABER ICH BEKOMME IMMER NUR ZU HÖREN, DASS SIE JEMANDEN MIT MEHR ERFAHRUNG ODER EINEN MANN EINSTELLEN WOLLEN.
SCHLIESSLICH HEIRATEN FRAUEN UND FÜHREN DANN DEN HAUSHALT.
DU KÖNNTEST AUCH IN EINER FABRIK ODER ALS KELLNERIN ARBEITEN…
ABER ES WÄRE SCHÖN, WENN MAN VOR DER EHE NOCH EIN WENIG VON DER WELT KENNENLERNEN KÖNNTE.
KAORU, MÖCHTEST DU HEIRATEN?
IRGENDWANN SICHERLICH…

KNIPS
MITSU, DU ETWA NICHT?
ÄHM… NEIN.
ICH KENNE NIEMANDEN, DER ZU MIR PASST.
ABER FÜR DEN FALL GIBT ES DOCH ARRANGIERTE EHEN.
HÖR MAL, MITSU. DU SOLLTEST DA-RÜBER NACH-DENKEN.
DEIN LEBEN IST ZU LANG, UM DIE GANZE ZEIT EINSAM ZU SEIN.
ES IST DOCH SCHÖ-NER, DIE ZEIT MIT JEMAND ANDEREM ZU VERBRINGEN.
KAORU, ICH HAB DOCH DICH. MIT DIR IST ES SCHÖN.
ABER ICH WERDE DOCH HEIRATEN! DANN WÄRST DU DOCH VOLLKOMMEN ALLEIN, ODER?
JETZT SCHLAF GUT.
MORGEN HAST DU SICHER MEHR ERFOLG BEI DER ARBEITS-SUCHE.

PACHINKO
SPASS UND FREUDE AN EINEM ORT
INKO
TSCHAPLIIING
TSCHAPLING
HEIRATEN?
TSCHAPLING
TSCHAPLIIING
DARAN HABE ICH LANGE NICHT MEHR GEDACHT.

TSCHAPLIIING
TSCHAPLING

DIESE BRÜCKE WIRD ABGERISSEN, ODER?
SIE WOLLEN FÜR DIE OLYMPISCHEN SOMMERSPIELE SO VIELES NEU BAUEN.
IRGENDWIE SCHADE. DABEI WURDE HIER DOCH EIN FILM GEDREHT.
HAST DU DENN *WHAT'S YOUR NAME* GESEHEN? DER FILM WAR SPANNEND.
SCHAU DOCH!
GENAU HIER HABEN SICH SACHIKO UND ATOMIYA WIEDERGETROFFEN.
»WÄRE ES NICHT ZU UNSER BEIDER GEWINN?«
»SELBST WENN DU DADURCH EINE SCHLIMME SCHWIEGERMUTTER BEKOMMST?«
HÖR SCHON AUF. HAHAHAHA.
BIN ICH VON HYAKUNINCHO BIS NACH GINZA GELAUFEN?

HACH…
DESWEGEN TUN MIR DIE FÜSSE ALSO WEH…
ICH KANN KEINEN SCHRITT WEITERGEHEN.
KAORU WIRD SICHER MIT MIR SCHIMPFEN.
AB MORGEN MUSS ICH ORDENTLICH AUF ARBEITSSUCHE GEHEN.

KIYO...
K.
ICH DACHTE...

... WIR WÜRDEN UNS NIEMALS WIEDERSEHEN.
KIYO-CHAN...
WAS MACHST DU DENN HIER?
ICH?

ICH ARBEITE HIER IN DER NÄHE IN EINEM KAUFHAUS.
TOLL.
WIE?
NAJA, SO TOLL IST DAS NICHT.
MEIN ONKEL HATTE MIR MEINE ARBEIT EMPFOHLEN, ABER IRGEND-WIE PASSTE SIE NICHT ZU MIR...
DIESEN JOB HABE ICH SELBST GEFUNDEN, ER PASST ALSO HOFFENTLICH BESSER.
...
MEINE FAMILIE ER-LAUBT MIR DAS ARBEITEN, WEIL ICH DADURCH MEHR LEUTE KENNENLERNE.
SIE HOFFEN, DASS ICH DANN JEMANDEN ZUM HEIRATEN FINDE.
WIRST DU HEIRATEN?
NEIN.

DAS WERDE ICH NIE- MALS.
UND DU AUCH NICHT, JA?
...
JA.

ICH BIN ZURÜCK.
WILLKOMMEN ZU HAUSE.
OH, DAS SIEHT LECKER AUS.
HI HI...
ICH WOLLTE HEUTE MIT DIR FEIERN.
HAST DU EINE ARBEIT GEFUNDEN?
JA. DIE LETZTE BEWERBUNG HAT GEKLAPPT.
POLTER
DER GROSSTEIL DER BELEGSCHAFT HAT ASIATISCHE GRIPPE...
BITTE SETZEN SIE EINE MASKE AUF.
ES WÄRE TOLL, WENN SIE AB MORGEN KOMMEN KÖNNEN...
DU HAST ECHT IMMER GLÜCK.
ICH DACHTE ALLERDINGS SCHON FAST, ES HÄTTE MICH VERLASSEN.

MITSU, DU SIEHST GLÜCKLICH AUS.
DAS FREUT MICH.
WANN SEHEN WIR UNS WIEDER?
JA, WANN SEHEN WIR UNS WIEDER?

ICH BIN ZURÜCK.
SCHÖN, DASS DU DA BIST.
DEIN ONKEL HAT WIEDER SO VIELE MITGEBRACHT.
ICH WERDE NICHT HEIRATEN.
NATÜRLICH WIRST DU IRGENDWANN HEIRATEN.
KIYOKO, DU BIST NOCH JUNG. ES GIBT VIELE, DIE DICH HABEN MÖCHTEN.

WENN DU ÄLTER WIRST, WIRD ES SCHWER WERDEN.
DU WILLST DOCH NICHT WIE EINE WITWE LEBEN, DIE TRAUERN MUSS.
DIESE DENKWEISE IST DOCH KOMPLETT VERALTET.
ES IST DOCH EGAL, WAS DIE LEUTE SAGEN. ES IST MEINE ENTSCHEIDUNG, OB ICH HEIRATEN WILL ODER NICHT.
VERSTEHST DU NICHT, DASS WIR NUR AN DEIN WOHL DENKEN?
ICH MÖCH-TE ABER ARBEITEN GEHEN.
WENN ICH AUF EIGENEN BEINEN STEHE, MUSS ICH MICH NICHT IN EINER EHE UNTER-ORDNEN.
WARUM HAST DU DANN DIE ARBEIT GEKÜNDIGT, DIE ICH DIR EMPFOHLEN HATTE?
DIE WAR NUN EINMAL NICHTS FÜR MICH.
ICH HABE ABER SCHON EINE NEUE ARBEIT GE-FUNDEN.

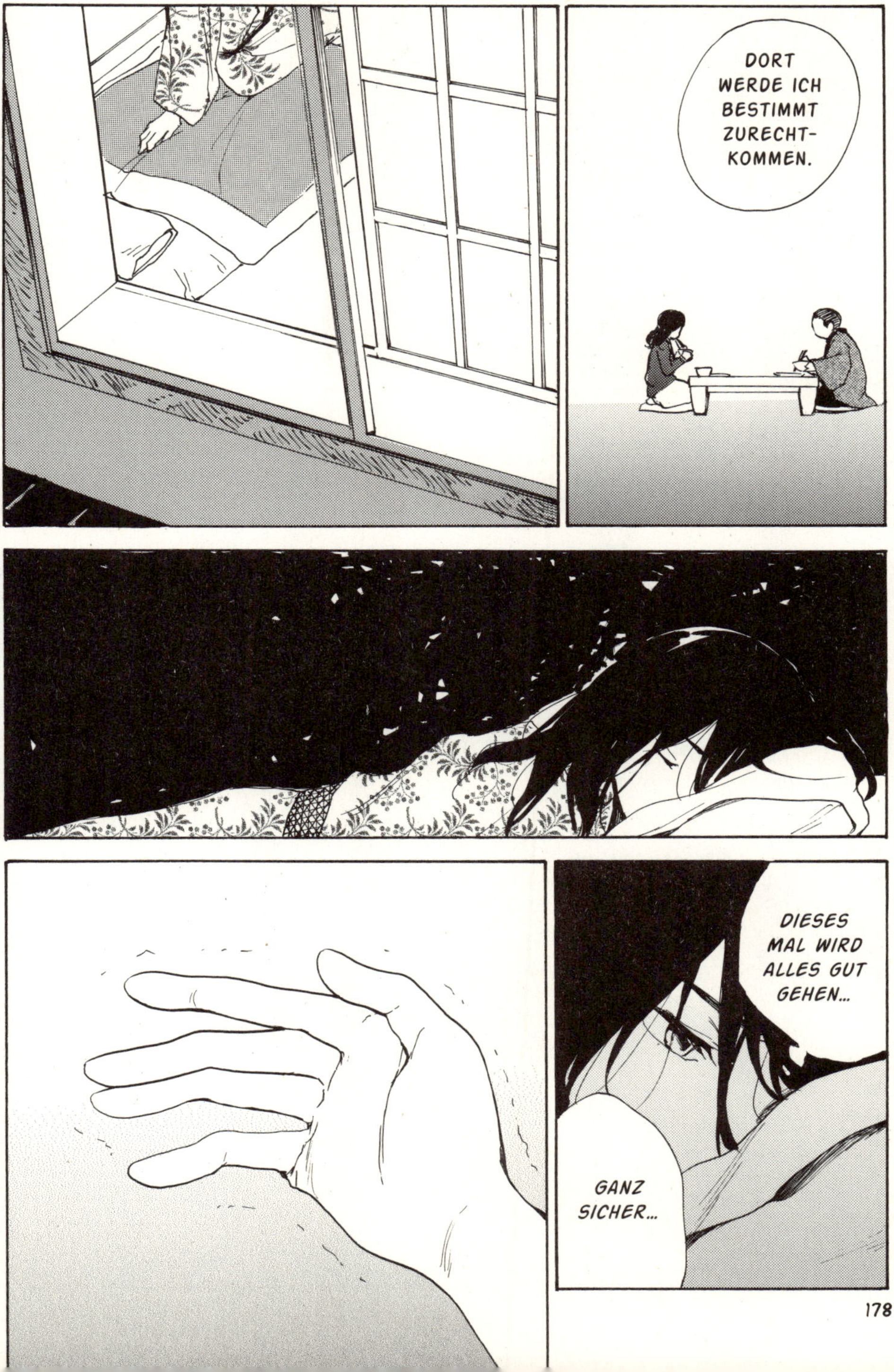
DORT WERDE ICH BESTIMMT ZURECHT-KOMMEN.
DIESES MAL WIRD ALLES GUT GEHEN...
GANZ SICHER...

FRAU SONODA!
EIN ANRUF.
JA.
HALLO?
ÄH...? WER SPRICHT DENN DA?
HMSS?
WIE UNHÖFLICH. ICH WURDE DOCH AN-GERUFEN, ODER?
BO BO BO BOMM

BAMMS
HALLO? HERR TAKAOKA? ICH BIN ES... JA!
DAS WAR EINE FREUNDIN, DIE BEI MIR WOHNT...
...
HERR TAKAOKA ...?
ERKLÄRE ICH SPÄTER. GEH BITTE.
KIYO!
TUT MIR LEID, DASS ICH PLÖTZLICH HERGE-KOMMEN BIN.

ICH HABE DICH VERMISST...
BITTE KOMM DOCH REIN.
ICH MACHE GERADE REISKUCHEN.
EINE NETTE WOHNUNG.
ES IST ETWAS ENG, ABER DIE SONNE SCHEINT SCHÖN HEREIN.
WAR DAS DIE PERSON, MIT DER DU ZUSAMMENWOHNST?
JA, WIR SIND SEIT DER UNI BEFREUNDET.
UND GEMEINSAM IST DER UNTERHALT SEHR VIEL GÜNSTIGER.

HMPF...
STIMMT JA. ALS WIR UNS GETROFFEN HA- BEN, HABE ICH AM GLEICHEN TAG EINE NEUE ARBEIT GEFUNDEN.
ICH DARF JETZT DIE ARBEIT MA- CHEN, DIE ICH BEI MEINER ALTEN FIRMA NICHT MACHEN DURFTE.
ICH FREUE MICH ZUM ERSTEN MAL RICHTIG AUF MEINE AR- BEIT.
VIELLEICHT WAR ICH DAFÜR BE- STIMMT.
IRGENDWIE WIRKST DU SO VIEL FROHER, MICCHI.
WIE? MEINST DU?
DU BIST RICHTIG AM STRAH- LEN.
ICH WERDE FAST DAVON GEBLENDET.

WATSCHAMM
HACH. UNTEN IST ES SO KALT...

OH, BESUCH?
FREUT MICH.
MITSU! MITSU!
WO IST DENN MEINE PORTION DER REIS-KUCHEN?
HM? DU BIST JA GANZ ROT. BIST DU KRANK?
WAS?
ÄHM! DAS KÖNNTE SEIN…
WIE?
ABER WER WAR DAS DENN EBEN AM TELEFON?
VERRAT ES MIR.
NEIN.
ICH WEISS SCHON. DU BIST BETRUNKEN. DAHER VER-RATE ICH ES DIR NICHT.
ICH BIN NICHT BETRUN-KEN.

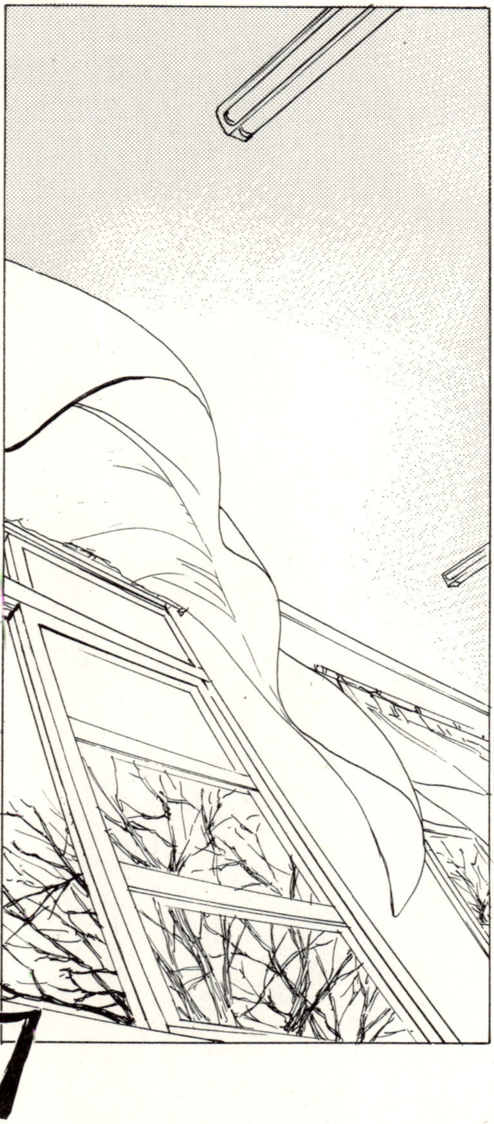

#7

* Drittes Jahr der Mittelstufe. Entspricht dem 9. Schuljahr.

KIYOKO UND MITSU SIND SCHON LANGE WEGGEZOGEN.
KIYOKOS FAMILIE IST IN TOKYO UND SOLLTE ALSO NICHT BESON-DERS WEIT WEGGEZOGEN SEIN.
WAS MIT MITSU IST, WEISS ICH NICHT.
...
MITSU IST SICHER SCHULD DA-RAN.
SIE WIRKTE IMMER SO TRÜBSINNIG. SIE WAR STILL UND EIGENBRÖTLERISCH. ALLE HABEN DAS GESAGT.
KIYOKO IST SO LIEB UND HATTE SICHER NUR MITLEID.

SIE WAR HEITER, REDSELIG UND ALLE HABEN SIE BEWUNDERT.
UND DENNOCH…
…
IM WINTER 1948 VERSUCHTEN SICH ZWEI SCHÜLERINNEN NAMENS KIYOKO ITO UND MITSU SONODA AUS LIEBE UMZUBRINGEN.
IN LEICHTER KLEIDUNG GINGEN SIE AUF EINEN SCHNEEBEDECKTEN BERG UND WURDEN MORGENS BEWUSSTLOS VON ANWOHNERN ENTDECKT.
AUF DEN BERGEN SETZT ABER SCHON DER FRÜHLING EIN.
WIR KÖNNEN ALSO EINEN BERICHT ÜBER SELBSTMORD IM WINTER BRINGEN.
SCHON GUT. ICH WERDE ES IN KÜRZE ZUSAMMENTRAGEN.
WO BEFINDEN DIE ZWEI SICH JETZT?
ACH, DAS HABE ICH RAUSFINDEN KÖNNEN.

KIYOKO IST IN TOKYO UND MITSU IN SHINSHU.
ICH FAHRE ERST MAL NACH TOKYO ZURÜCK UND DANN ZUR RECHERCHE NACH SHIN-SHU.
NEIN.
FAHR ERST MAL ZUR RECHER-CHE NACH SHINSHU UND KOMM DANN ZURÜCK.
HÄH? DAS PASST MIR GAR NICHT.
ÄHM. ICH HABE EINE KATZE UND MÜSSTE DORT MAL VOR-BEI, DAMIT SIE NICHT STIRBT.
WAS IST DENN WICHTIG? DIE ARBEIT ODER DEINE KATZE?
ÄH HA HA HA...
ÄHM, NATÜR-LICH DIE ARBEIT... HEHE.
VERSTANDEN. DANN WERDE ICH EINE KOLLEGIN NACH DEI-NER KATZE SCHAUEN LASSEN.
OH, SCHON GUT.
MEINE KATZE IST GUT IM JAGEN, SIE WIRD SICHER GENUG FANGEN...
WATSCHAMM
...
HO HO HO
STIMMT.

TOKYO
TRAPPEL
TRAPPEL
TRAPPEL
SHIZUKO.
SHI…
FLATTER
ICH SCHAFFE ES NICHT, NOCH LÄNGER WARTEN ZU MÜSSEN.
SHIZUKO
VER… VERDAMMT!
DABEI HABE ICH SO VIEL IN DIE BEZIEHUNG GESTECKT.
VERDAMMT. IMMER WEGEN DER ARBEIT.
HOFFENTLICH IST NICHT AUFGEFLOGEN, DASS ICH ERST NACH TOKYO ZURÜCKGE-KOMMEN BIN.
KNÜLL
ES IST MIR EGAL, WAS ANDERE SAGEN. ERST IST TOKYO DRAN!

NOGUCHI-BÜCHER
Ä… ÄHM…
BIST DU VIELLEICHT KIYOKO?

JA.
ICH KOMME VOM HINO-VERLAG. KÖNNEN WIR VIELLEICHT KURZ REDEN?
SIND SIE EIN REPORTER?
ÄHM, JA.
ICH WÜRDE GERNE WEGEN DES VERSUCHTEN SELBSTMORDS IM LETZTEN JAHR REDEN.
...
ENTSCHULDIGE, DASS ICH DICH DAMIT BEDRÄNGE.
ABER DAMIT HÄTTEST DU DIE CHANCE, DICH SELBST ZU ÄUSSERN UND GERÜCHTE AUS DER WELT ZU RÄUMEN...
ICH HABE ABER NICHT BESONDERS VIEL ZEIT.
E...ES WÜRDE AUCH SCHRIFTLICH GEHEN...
IN ORDNUNG.

ICH WAR NUR ZUM BÜCHERKAUF UND MUSS ZURÜCK.
ÄH, GUT. ICH FASSE MICH KURZ...
AUF DEM FOTO KAM GAR NICHT RÜBER, WIE HÜBSCH SIE IST.
ICH KANN VERSTEHEN, WARUM ALLE SO VON IHR GESCHWÄRMT HABEN.
DANN KOMME ICH ZUM PUNKT.
ZUSAMMEN MIT DEINER FREUNDIN MITSU SONODA HAST DU LETZTEN DEZEMBER VERSUCHT...
... DIR DAS LEBEN ZU NEHMEN. STIMMT DAS?
...
ICH...

… BEREUE ZUTIEFST, WAS ICH DAMALS GETAN HABE…
ICH WEISS, DASS ES NICHT WIEDERGUTZUMACHEN IST.
ACH… NEIN, DAS MEINTE ICH NICHT…
MICH INTERESSIERT, WELCHE GEFÜHLE DICH DAZU BEWEGT HABEN.
ICH HABE DOCH GESAGT, DASS ICH DIR ÜBERHAUPT KEINE VORWÜRFE MACHEN MÖCHTE.
ERZÄHLE MIR BITTE, WAS DU DAMALS EFÜHLT HAST.

ES IST SCHWER ZU SAGEN, WAS ICH GEFÜHLT HABE…
ES STAND DOCH ALLES AUCH SCHON IN DEN ZEITUNGEN.
GEMÜTSZUSTAND KLINGT IRGENDWIE SO PESSIMISTISCH.
AUTOREN WIE OSAMU DAZAI ODER RYUNOSUKE AKUTAGAWA KÖNNTEN DAS SICHER BESSER BESCHREIBEN.
ACH… ICH VERSTEHE.
UND WARUM ZUSAMMEN MIT MITSU?
IM DRITTEN JAHRGANG HABEN WIR UNS ANGEFREUNDET.
ALS ICH SIE ANSPRACH, BEMERKTE ICH SOFORT, DASS WIR UNS VERSTEHEN WÜRDEN.
KNAPP EIN HALBES JAHR GING UNSERE FREUNDSCHAFT.
ACH …
IST DEIN KLEINER FINGER DAMALS ABGEFROREN UND MUSSTE ABGETRENNT WERDEN?

ICH HABE IHN SCHON IM KRIEG VERLOREN.
WIE?
DAS IST ABER SELTSAM.
ICH HABE DIESES IN EINEM FOTOLADEN IN DER NÄHE DEINER MÄDCHENSCHULE GEKAUFT.
DAS WURDE NACH DEM KRIEG AUFGENOMMEN UND DA HATTEST DU NOCH KEINE VERLETZUNG.
JA, ER IST ABGEFRO-REN...
ABER WENN ICH DAS SAGE...
... DANN KOMMEN IMMER FRAGEN AUF...
... WANN, WO UND WIE ES PASSIERT IST.
AUSSERDEM DENKEN DIE LEUTE, DASS MEINE ELTERN NICHT GENUG AUF MICH ACHTGEGEBEN HÄTTEN.
DESWEGEN ERZÄHLE ICH, DASS ES IM KRIEG PAS-SIERT IST.
ALLE HABEN DANN MITLEID, KEINE FRAGEN KOMMEN AUF UND KEINE UNNÖTIGEN VERDÄCHTI-GUNGEN.

ABER EIGENTLICH GINGST DU IN DIE BERGE…
… UND NACH DEM ABSTIEG WURDE DER FINGER ABGE-SCHNITTEN?
JA, SO IST ES.
ICH…
… MUSS JETZT ABER NACH HAUSE.
EIGENT-LICH…
… WOLLTE ICH ALS NÄCHSTES ZUR RECHER-CHE ZU MI-TSU SONODA FAHREN.
HAST DU IRGENDETWAS, DAS ICH IHR VON DIR ÜBERMITTELN SOLL?
…

NICHT WIRKLICH.
ACH SO...
SIE WIRKT SO VERSCHLOSSEN.
KANN MAN IHRE ZEITSCHRIFT AUCH HIER IM BUCHLADEN KAUFEN?
JA, DIE MEISTEN BUCHHANDLUNGEN IN TOKYO FÜHREN SIE.
BITTE SCHREIBEN SIE KEINE ZU GEMEINEN DINGE ÜBER UNS.
ICH BIN GESPANNT AUF IHREN ARTIKEL.
JA... MACH DIR DESWEGEN KEINE GEDANKEN.
ICH WERDE DAS SCHREIBEN, WAS MIR ERZÄHLT WURDE.
ICH WÜNSCHE EINEN SCHÖNEN TAG.

SHINSHU

MITSU SONODA?
WER SIND SIE?
ICH KOMME VOM HINO-VERLAG.
ICH REDE NICHT MIT REPORTERN.
NEIN, BITTE WARTE...
AH.

OH NEIN.
WIE GEHT ES DEN VERLETZUNGEN?
SIE WERDEN BALD VERHEILT SEIN.
...
BE... BESTIMMT IST ES HIER IN DER HEILANSTALT LANGWEILIG.
ICH HABE ALS EINIGE BÜCHER DABEI...
!
DAS, DAS UND DAS KENNE ICH.
ACH, DANN EBEN DIESES HIER...
ICH NEHME GERN ALLE...
EIGENTLICH IST HIER DAS LESEN VON BÜCHERN VERBOTEN.

MAN SOLL NICHT RUMSITZEN…
… SONDERN LIEBER BILDER MALEN ODER ZUMINDEST SELBST SCHREIBEN.
ABER ICH MAG ES VIEL LIEBER, ZU LESEN.
ACH…
…
…
IST NOCH IRGENDETWAS?
NUN JA… ICH FREUE MICH, DASS DIR BÜCHER GEFALLEN, ABER ICH WÄRE NOCH GLÜCKLICHER, WENN DU FÜR MEINE RECHERCHE EIN PAAR FRAGEN BEANTWORTEN KÖNNTEST.
NEIN.
ICH HABE EINEM REPORTER ÜBERHAUPT NICHTS ZU SAGEN.
JA, SAG DAS DOCH NICHT.
DIESES FRECHE GÖR… ICH HABE DIE BÜCHER AUS EIGENER TASCHE BEZAHLT.

ICH WERDE NICHTS SCHLIMMES SCHREIBEN.
SOLL ICH DIR DAS SCHRIFTLICH GEBEN?
WENN ICH OHNE ETWAS IN DER HAND HEIMFAHRE, VERHUNGERE ICH AB MORGEN GANZ SICHER…
HUCH?
DER NÄCHSTE BUS IST JA SCHON DER LETZTE!
WAS?!
DAS IST DOCH LÄCHERLICH.
ICH WERDE SIE RUNTERBRINGEN.
ALS REPORTER HAT MAN ES NICHT EINFACH, ODER?
STIMMT. ABER SICHERLICH HAT MAN ES AUF KEINER ARBEIT BESONDERS LEICHT.
MIST… ICH HABE KEIN GELD FÜR EIN HOTEL.

ABER IRGENDWIE BIN ICH NEIDISCH AUF IHRE ARBEIT.
SIE KÖNNEN SO VERSCHIE-DENSTE ORTE SEHEN…
WIE? J…JA, SCHON…
ICH HABE SO EINEN UNSINN AN-GESTELLT…
… ABER ICH BIN DENNOCH GLÜCKLICH DARÜBER.
DAMALS UND AUCH JETZT SIND MEINE GEFÜHLE FÜR KIYOKO MEIN EINZIGER HALT.

…
Magst du…
… Kiyoko Ito etwa immer noch?
Ja.
Mit klarem und aufrichtigem Blick bejahte sie ihre Gefühle.
Vielen Dank für die Begleitung.
CHUO-BUS-AKTIENGESELLSCHA
Zum Schluss noch eins…
Ich werde jetzt gleich zur Recherche zu Kiyoko fahren.
Soll ich ihr irgendetwas von dir ausrichten?
Nicht doch.
Doch dann kam der Bus und wir mussten unser Gespräch beenden.

NICHT WIRKLICH.
WIE?
KIYOKO IST SELBST JETZT NOCH HIER.
HAST DU DEINEN FINGER …
… ETWA DURCH DIE KÄLTE VER-LOREN?

NEIN.
HABE ICH NICHT.
CHUO-BUS-AKTIENGESELLSCHAFT
BWOTONGS
BWOTONG

DIE INFORMATIONEN SOLLTEN EIGENTLICH FÜR EINEN ARTIKEL REICHEN...
... ABER...
... IHRE FREUNDE AUS DER MITTELSCHULE UND DIE LEUTE AUS DER GEGEND...
... HATTEN IRGENDWIE KOMPLETT ANDERE EINDRÜCKE VON DEN BEIDEN.
KIYOKO WAR JETZT EIGENTLICH DIE, DIE SENTIMENTALER UND ERWACHSENER WIRKTE...
... WÄHREND MITSU ZWAR VERLETZT WAR, ABER DENNOCH FRÖHLICH WIRKTE.
UND AUCH IHR BLICK AUF DEN SUIZIDVERSUCH IST KOMPLETT UNTERSCHIEDLICH.
ICH HABE SIE NATÜRLICH NUR KURZ GETROFFEN UND KENNE SIE KAUM...
... ABER ES WIRKT FAST SO, ALS HÄTTEN DIE BEIDEN IHRE CHARAKTER GETAUSCHT...

... NACHDEM SIE AUF DEM BERG WAREN...
TOKYO
WAAAS?
WARUM DARF ICH DEN ARTIKEL DENN JETZT NICHT SCHREIBEN?!
HAST DU WIRKLICH ÜBERHAUPT KEINE IDEE, DU TROTTEL?
FLATTER FLATTER
KIYOKOS VATER IST DER CHEF EINES GROSSEN KRANKENHAUSES UND HAT KONTAKTE.
EIN ANRUF BEIM CHEF UNSERES VERLAGS HAT IHM GEREICHT.
DESWEGEN MEINTE ICH DOCH, DASS DU ERST NACH SHINSHU FAHREN SOLLST.
IM NOTFALL WÄREN WIR OHNE RECHERCHE BEI KIYOKO AUSGEKOMMEN.
WARUM HAT ER DAS NICHT GLEICH GESAGT?!

KNALL
ICH KRIEGE DOCH NOCH DAS GELD FÜR DEN ZUG WIEDER, ODER?!
AH, HALT!
UND HEPP.
GEBEN SIE DEM DRUCK ETWA NACH?
WAS IST DENN MIT IHRER EHRE ALS JOURNA-LIST?
VERDAMMT!
DANN HABEN DIE BEIDEN ALSO ÄHNLICH FÜREINANDER EMPFUNDEN...
ABER DAS SPIELTE JETZT KEINE ROL-LE MEHR, DIE GESCHICHTE WURDE NICHT GESCHRIEBEN.
GANZ RUHIG...
BUHU...
DANN KANN ICH ANNEHMEN, DASS KIYOKO MIR NICHTS ALS LÜGEN AUFGETISCHT HAT.
UND ALLES, WAS MITSU ERZÄHLT HAT, WAR ANSCHEI-NEND DIE WAHRHEIT...
ICH BIN GESPANNT AUF IHREN ARTIKEL.
DIESE LÜGNE-RIN!!
DIESES VERFLIXTE... FRECHE GÖR...

ICH BEREUE ZUTIEFST, WAS ICH DAMALS GETAN HABE...
ABER EIGENTLICH IST ER AUF DEM BERG ABGEFROREN?
JA, SO IST ES.
HAST DU DEINEN FINGER ETWA DURCH DIE KÄLTE VERLOREN?
NEIN. HABE ICH NICHT.
ICH...
... HABE SO EINEN UNSINN ANGESTELLT...
... ABER ICH BIN DENNOCH GLÜCKLICH DARÜBER.
MANCHMAL HABE ICH DAS GEFÜHL, MEIN FEHLENDER FINGER WÄRE DA.
WENN ICH ES ÜBERPRÜFE, IST ER NATÜRLICH NOCH WEG.
ABER VIELLEICHT...
... KOMMT DIESES GEFÜHL JA VON DEINEM.

DEINE EXISTENZ IST DAS EINZIGE, WAS MIR HALT GIBT.
DESWEGEN WERDE ICH EINE WEILE KLARKOMMEN.
IN DIESER JAHRESZEIT BRECHEN INSEKTEN UND KNOSPEN AUS IHRER HÜLLE.
ICH MÖCH-TE JETZT UNBEDINGT WEITERLE-BEN.

#8

1948
KIYOKO
15 JAHRE ALT
MITSU
14 JAHRE ALT

ES BEGANN AUS EINER LAUNE HERAUS.
GENAUSO WIE FALTER KURZ ZÖGERN, BEVOR SIE SICH AUF EINE BLÜTE SETZEN...
... ZAUDER-TEN WIR EIN WENIG.
DER AUTOR IST VERSTORBEN, ODER?

DAZAI OSAMU
ERTRÄNKT IM TAMAGAWA-KANAL.
ICH BIN EINMAL DORT GE-WESEN.
JENER WASSERWEG IST NICHT BESONDERS TIEF.
ES IST SELTSAM, DASS ER DEN ORT FÜR SEINEN TOD WÄHLTE.
...
SICHERLICH WOLLTE ER EINFACH NUR GANZ SCHNELL SO EINEN ORT FINDEN.

ENTSCHULDIGE, ICH MUSS LOS...
KIYOKO. KIYOKO!
FÄHRST DU IN DEN SOMMERFERIEN NACH TOKYO ZURÜCK?
NEIN, ICH WERDE WOHL HIERBLEIBEN.
JUHU.
HÖR MAL. WOLLEN WIR NICHT IN EINEN KLUB GEHEN? SCHWIMMEN IM MEER.
HÄ?
BLOSS NICHT ANS MEER. DA GIBT ES QUALLEN.
LIEBER IN DIE BERGE. WIR KÖNNEN ZUM ZWEITWOHNSITZ MEINES ONKELS FAHREN.

HM?
SAKAES ONKEL HAT DORT EIN ANWESEN. ES SOLL SEHR GROSS UND PRÄCHTIG SEIN.
WIR HABEN BESCHLOSSEN, IN DEN SOMMERFERIEN EINE WOCHE DORTHIN ZU FAHREN.
KOMM DOCH AUCH BITTE MIT, JA?
WARUM DENN ICH?
SCHLIESSLICH HABE ICH DOCH EIGENTLICH NOCH NIE AUSGIEBIG MIT DIR GEREDET, ODER?
NEIN… SCHON GUT.
SAKAE UND DIE ANDEREN MEINTEN, DASS DAS OKAY WÄRE.
KOMM. ICH BITTE DICH.

* TRADITIONELLES JAP. GASTHAUS

IN DEN LETZTEN SOMMERFERIEN SOLLTEST DU ETWAS SPASS MIT DEINEN FREUNDINNEN HABEN.
PASS NUR AUF, DORT KEINEN UNSINN ZU MACHEN.
DIE SAKAES SIND EINE KAUFMANNS-FAMILIE, ODER?
ACH, DANN IST ES DIESES PRÄCHTIGE AN-WESEN UNTER DEN KIEFERN?
WIE SCHÖN. ICH WÜRDE AUCH GERNE MAL NACH KARUIZAWA FAHREN.
SAG MAL. KOMMT DIESE KIYOKO DENN AUS DIESER GEGEND?
ICH GLAUBE NICHT.
IHRE FAMILIE KOMMT AUS TOKYO UND SIE WOHNT HIER GERADE BEI VER-WANDTEN.
WÄHREND DES KRIEGES WURDE SIE HIER-HER EVAKUIERT UND IST DANN GEBLIEBEN.
ACH, WIESO DAS DENN?
IST SIE ETWA DAS KIND EINER NEBENFRAU?

MAN WÜRDE SEINE TOCHTER DOCH NICHT EXTRA HIER AUF DIE MITTEL-SCHULE GEHEN LASSEN.
DAS STIMMT WOHL.
NACH ABSCHLUSS DER MITTEL-SCHULE WIRD SIE ABER WOHL NACH TOKYO HEIMKEHREN.
HEY, IHR DA!
HÖRT AUF, SO LANGE ZU PLAPPERN.
DIE GÄSTE KOMMEN GLEICH.
JAWOHL.
DAS FREUT MICH!
DANN WIRST DU ALSO MIT-KOMMEN!
IST DAS DENN WIRKLICH OKAY?
NATÜR-LICH. ODER, SAKAE?
JA, JE MEHR, DESTO BES-SER, NICHT WAHR?

BWOTOMM
BWOTOMM
VIELEN DANK FÜR ALLES, ONKEL.
SCHÖN, DASS IHR DEN LANGEN WEG HER-GEKOMMEN SEID.
DAS WIRD EIN TOLLER SOMMER.

SAGT MAL. KÖNNT IHR FAHRRAD FAHREN?
FAHRRAD?
IN KARUIZAWA FAHREN ALLE DAMIT.
WENN WIR BEIM ANWESEN SIND, KÖNNEN WIR SOFORT DAMIT LOSRADELN.
WIE?
WIR KÖNNEN DAMIT DOCH NICHT FAHREN.
WENN MAN EIN WENIG ÜBT, KANN MAN SOFORT DAMIT FAHREN.
ABER SAG MAL. IST DAS DER ASAMA?
KANN MAN DEN VULKAN BESTEIGEN?
DER IST VIELLEICHT DOCH ETWAS ZU HOCH.
ABER VOM BENACHBARTEN BERG KANN MAN IHN GUT ANSCHAUEN.
BRICHT ER MANCHMAL AUS?
DESWEGEN MÜSSEN WIR SCHNELL AUF DIE FAHRRÄDER, UM IM NOTFALL FLIEHEN ZU KÖNNEN.
BWA HA HA HA!

KIYOKO IST TOLL. SIE KANN SCHON FAHREN.
LASS MICH ALS NÄCHSTES NOCH MAL!
ICH MÖCHTE ES IN DIE-SER WOCHE LERNEN.
MITSU, WILLST DU NICHT AUCH FAHREN?
ICH KANN NICHT FAHRRAD FAHREN…
DAS WEISST DU ERST, WENN DU ES PROBIERT HAST.
AAAH.
AH HA HA HA
…

WENN MEINE MUTTER HÖRT, DASS ICH FAHRRAD GEFAHREN BIN, WIRD SIE WÜTEND SEIN...
OJE. DU BIST ABER SEHR ERNST.
DU MUSST ES IHR EINFACH NICHT VERRATEN.
EIGENTLICH SOLLTEN FRAUEN AUCH LANGSAM FREI FAHRRAD FAHREN DÜRFEN.
ZUMINDEST FERNAB UNSERER ELTERN DÜRFEN WIR RUHIG MACHEN, WAS WIR WOLLEN, ODER?
OHO.
MITSU, FÄHRST DU?
...
WIE FÄHRT MAN DENN DAMIT?
WATSCHAMM
WAAAH!
OJE. BIST DU IN ORDNUNG?
AH HA HA HA...

MITSU, DU BIST ECHT LUSTIG. DU BIST DIREKT GERADEAUS INS GEBÜSCH GEFAHREN.
DAS SAH ECHT TOLL AUS.
SCHLIESS-LICH IST DAS DOCH GAR NICHT SO EIN-FACH…
»MORGEN WERDEN WIR WOHL DEN NACHBAR-BERG BE-STEIGEN.«
»ICH HABE GEHÖRT, DASS SAKURAKO ZU IHREN ELTERN WERTER VATER UND WERTE MUTTER SAGT…«
HAST DU AUCH GESCHWISTER, MITSU?
ACH, ICH?
ZWEI BRÜDER…
ABER SIE WURDEN EINGEZOGEN UND KEHR-TEN NICHT ZURÜCK…
ACH SO…
DAS TUT MIR LEID…
SELBST DIE ZURÜCK-GEKEHRTEN SIND JA SCHWER GEZEICHNET …
ICH HOFFE, ES WIRD KEINEN KRIEG MEHR GEBEN.
…

KIYOKO…
WURDEST DU NICHT AUS TOKYO HIERHER EVAKUIERT?
JA.
IN TOKYO GAB ES FURCHTBARE BOMBARDEMENTS…
MEINE FAMILIE HATTE GLÜCK UND UNSER HAUS IST NICHT ABGEBRANNT. SIE SIND ALLE HEIL DAVONGEKOMMEN.
ICH HABE ZWEI ÄLTERE SCHWESTERN.
SAG MAL, ZIEHST DU WIRKLICH NACH ABSCHLUSS DER MITTELSCHULE NACH TOKYO ZURÜCK?
WIE?
DAS STIMMT.
ACH NEIN. ICH WERDE DICH VERMISSEN.
DANN MÜSSEN WIR DAS NÄCHSTE MAL ALSO EINEN AUSFLUG NACH TOKYO MACHEN, ODER?
WÄRE DAS IN ORDNUNG, KIYOKO?

JA, KOMMT ALLE GERNE.
ICH LADE EUCH EIN.

DIE NATUR IST HIER SO SCHÖN.
UND SO FRISCH.
VOM FAHRRADFAHREN KRIBBELN MEINE BEINE IMMER NOCH...
WIRKLICH?
AH HA HA.
DU BIST EBEN ZU UNSPORTLICH.
MITSU, LASS UNS VORGEHEN.
WIE? ABER...
SCHON GUT. KEINE SORGE.

SAG MAL.
WARUM HAST DU MICH EINGELADEN, KIYOKO?
ICH WEISS NICHT… IRGENDWIE HAST DU MICH DIE GANZE ZEIT INTERESSIERT, MITSU.
ICH HABE NOCH NIE GESEHEN, DASS DU ZEIT MIT FREUNDEN VERBRACHT HAST.
DESWEGEN WOLLTE ICH MICH GERNE IRGENDWIE MIT DIR ANFREUNDEN.
DAS HIER SIND FÜR MICH DIE LETZTEN SOMMERFERIEN UND ICH MÖCHTE AM ENDE NICHTS BEREUEN MÜSSEN.
ACH SO…

IST DAS DER ASAMA?
HAAH...
HAAH...
SO SCHÖN.
KIYOKO...
DANKE, DASS DU MICH EIN-GELADEN HAST.
HÄTTEST DU MICH NICHT GEBETEN MITZUFAHREN, HÄTTE ICH DAS NIEMALS GESEHEN...

KIYOKO?
STIM-
MEN DIE
GERÜCHTE
ALSO?
WIE?
MITSU…
… WIRST
DU NACH DER
MITTELSCHULE
ETWA WIRKLICH
HEIRATEN?

HI-HI.
ICH ERINNERE MICH AN EINE SACHE.
DAS STIMMT.
ALS ICH FÜNF ODER SECHS JAHRE ALT WAR…
… KAM ICH AUS TOKYO HIERHER, UM VERWANDTE ZU BESUCHEN.
DU HAST FRÖHLICH DIE HAND EINES JUNGEN MANNES GEHALTEN.
DAS WAR SICHER EINER DEINER BRÜDER.

DAS IST SCHON LANGE HER…
ICH ERINNERE MICH ABER.
DEIN BRUDER HAT DICH IMMER »MICCHI« GENANNT.
DAHER MÖCHTE ICH DICH AUCH SO NENNEN.
OKAY, MICCHI?

MICCHI, BIST DU EINVERSTANDEN DAMIT, DIREKT NACH DEM ABSCHLUSS ZU HEIRATEN?
ES IST EGAL, OB ICH ES WILL ODER NICHT...
ICH BIN NUN DAS EINZIGE KIND...
DANN MAGST DU DEINEN VERLOBTEN ETWA?
DAS WEISS ICH NICHT...
GUT.
DENN ICH KANN DIESEN VERLOBTEN NICHT AUSSTEHEN.
JEMAND, DER DICH DIREKT NACH DEM SCHULABSCHLUSS ANS HAUS BINDEN MÖCHTE, KANN KEIN GUTER MANN SEIN.

ER IST EIN MONSTER, DAS DIE JUNGEN BLÄTTER FRISST, BEVOR SIE SICH ENTFALTEN KÖNNEN.
AAAH.
ENDLICH SIND WIR DA.
IHR BEIDEN SEID ZU SCHNELL.
IHR HÄTTET EUCH RUHIG NOCH MEHR ZEIT LASSEN KÖNNEN.
WOW. WIE SCHÖN.

SEIT DEM TAG...
... MACHTE SICH IN MEINEM KOPF...
... DER INNIGE WUNSCH UND DAS VERLANGEN NACH ETWAS ANDEREM ALS EINER EHE BREIT.
KOMM SCHON, MICCHI.
MEIN DENKEN UND FÜHLEN WURDEN DAFÜR ZUNEHMEND VON KIYOKO EINGENOMMEN. SIE WAR...

... DIE EINZIGE PERSON, DIE MIR DIE EINSAMKEIT UND TRAURIGKEIT NEHMEN KONNTE.

IN LETZTER ZEIT IST SIE KOMISCH.
SIE TRÄUMT IMMER UND SCHAUT AUS DEM FENSTER.
SIE ANTWORTET NUR NOCH VAGE.
SICHERLICH MACHT DER HERBST SIE SENTIMENTAL.
ABER BEI MITSU SONODA IST SIE IMMER SO FRÖHLICH...
STIMMT! JA, GENAU.
SEIT DER REISE IN DEN FERIEN NACH KARUIZAWA...
... UND DEM BERGSTEIGEN SIND DIE BEIDEN GUT BEFREUNDET.
IST AUF DEM BERG IRGENDETWAS PASSIERT?
DIE BEIDEN BILDEN EIN KOMISCHEN PAAR.
WARUM FINDET KIYOKO NUR GEFALLEN...
... AN JEMANDEM WIE IHR?

MICCHI.
WARUM NENNST DU MICH NUR SO, WENN WIR ALLEI-NE SIND?
ICH WILL NUN MAL NICHT, DASS ANDERE DICH AUCH SO NENNEN.
MICCHI...
ALS KIYOKO MICH MIT IHREN WUNDERSCHÖNEN AUGEN ANSAH...
... ICH WERDE NICHT NACH TOKYO HEIM-KEHREN.
... UND VON IHREN PLÄNEN ERZÄHLTE, DA WAR ES ZUM UMKEHREN BEREITS ZU SPÄT.

#9
DU WIRST NICHT HEIM-FAHREN?
OH, SCHON WIEDER.
DIE WOLKEN SEHEN WIE DIE UMRISSE EINES BER-GES AUS.

»ICH WERDE IN DIE BERGE GEHEN.«
#9
»UND ICH MÖCHTE, DASS DU MITKOMMST.«

ES IST HIER WIE AUSGE-STORBEN.
DAS IST NUN MAL SO. IN TOKYO MAG ES ANDERS SEIN ...
... ABER HIER KOMMEN NICHT MAL SCHULKLASSEN HER.
WIR MÜSSEN AUF DEM SCHWARZMARKT REIS KAUFEN UND SELBST WENN GÄSTE KOMMEN, MACHEN WIR MIESE.

ICH HABE HEUTE FRAU YASUDA GETROFFEN. VON IHR HABE ICH DAS GEMÜSE UND DEN REIS BEKOMMEN.
DIE YASUDAS HABEN GLÜCK, DASS SIE SO VIELE FELDER HABEN.
DORT GIBT ES JA AUCH FAST NUR FELDER.
MITSU.
DU GEHST DICH MORGEN VORSTELLEN.
MUSS ICH DIESEN MANN DENN WIRKLICH HEIRATEN?

NATÜRLICH!
WIR HABEN DOCH SCHON EIN VERLOBUNGS-GESCHENK ERHALTEN.
ABER ICH LIEBE IHN DOCH ÜBERHAUPT NICHT…
…
DU WIRST SCHON NACH EINIGER ZEIT LERNEN, IHN ZU MÖGEN.
ERST NACH MEHREREN JAHREN WIRD MAN ZU EINEM RICHTIGEN EHEPAAR.

BIST DU ETWA VERLIEBT? WILLST DU DURCHBRENNEN? VERGISS DAS BLOSS. IRGENDWANN HABEN DIE EMOTIONEN SICH GELEGT, UND WAS DANN?
DESWEGEN HATTE ICH DOCH ÜBERHAUPT NICHT GEFRAGT.
WENN MEINE BRÜDER NOCH LEBEN WÜRDEN...
... DANN HÄTTE ICH SIE UM RAT GEFRAGT.
SIE HÄTTEN MEINE ZWEIFEL UND ÄNGSTE VIELLEICHT VERTRIEBEN, SO DASS ICH OHNE GROSSE GEDANKEN GEHEIRATET HÄTTE.

AH.
HAST DU DICH IRGENDWO GESCHNIT-TEN?
ES TUT WEH.
ABER ZUMINDEST GEHÖRT DIE-SER SCHMERZ ALLEIN MIR.

MEIN KÖRPER GEHÖRT ANSONSTEN IMMER IRGENDJEMAND ANDEREM.
ER GEHÖRT DEM STAAT. ER GEHÖRT MEINEN ELTERN. UND IRGENDWANN DEM EHEMANN ODER DER FAMILIE...
... ABER EIGENTLICH SOLLTE MEIN KÖRPER DOCH ALLEINE MIR GEHÖREN.
ICH SOLLTE MICH ALSO NICHT VON ANDEREN VERLETZEN LASSEN...
... SONDERN SELBST ENTSCHEIDEN, WIE ICH MICH VERLETZE.

DESWEGEN HABE ICH BESCHLOSSEN, DEN GLÜCKLICHSTEN MOMENT FÜR MEINEN TOD ZU WÄHLEN.
1948 FRÜHWINTER

BIST DU HIER VERABREDET?
JA, GENAU.
ABER VIELLEICHT KOMMT SIE NICHT.
ES IST SCHON SPÄT UND DAS WETTER KÖNNTE UMSCHLAGEN.

DANKE, DASS DU GEKOMMEN BIST.
BIST DU SICHER?
JA, DAS BIN ICH.
ICH BIN IN DEINER NÄHE AUCH AM GLÜCKLICHSTEN, KIYO.

WIR WER-
DEN BIS ZUR
ERSCHÖPFUNG
DURCH DIE BER-
GE WANDERN…
… UND DANN
JEWEILS EINE
HALBE SCHLAF-
TABLETTE
NEHMEN.

Dann nehmen wir wieder jeweils eine halbe Tablette.
Was ist, wenn wir doch wieder aufwachen?
Ist dir kalt?
Ein wenig.
Aber das ist in Ord-nung.
Wollten wir diesen Ort neh-men?
Hach...

RAUUUSCH
»IRGENDWIE ABARTIG.«
»WAS HABEN DIE SICH DABEI GEDACHT?«
»SCHAUT DOCH AN, WAS DIE FÜR EINEN UNSINN MACHEN.«
»DIE MÄDCHEN SIND VIEL ZU EGOISTISCH.«
»KOMISCHE GÖREN.«
»KIYOKO IST ECHT KALTHERZIG.«
»LANGWEILER.«
»WIE SOLLTE DENN IRGENDJEMAND MÄDCHEN WIE EUCH LIEBEN?«
HUCH?

HUST!
RÖCHEL!
RÖCHEL!
URGH...

HAAH...
HAH!
ICH BIN EBEN AUCH AUF-GEWACHT.
WOLLEN WIR NOCH EINE NEH-MEN?

ICH WILL NICHT STERBEN...
WOLLEN WIR DENN JETZT HEIM-GEHEN?

ICH WILL NICHT STERBEN, ABER DAS LEBEN HALTE ICH AUCH NICHT AUS.
WENN ICH MEINE MUTTER ODER SCHWESTERN SEHE...
... WEISS ICH GENAU, WAS ICH FÜR EIN LEBEN FÜHREN MUSS.
WARUM MUSS DAS DENN SEIN?
ICH DACHTE, ICH KÖNNTE STERBEN!
KIYO, WENN DU WEITERLEBST...
... WÜRDE MIR DAS GENUG SINN IM LEBEN GEBEN.

WENN WIR ZUSAMMENLEBEN KÖNNTEN...
ICH WERDE IRGENDWANN NACH TOKYO GEHEN UND ARBEITEN.
WIR SCHUFTEN WIE DIE VERRÜCKTEN UND KAUFEN UNS IRGENDWANN EIN KLEINES HAUS.
...
ABER WAS IST MIT DEINER FAMILIE?
ICH WERDE DIE HERBERGE NICHT WEITERFÜHREN.
JEMAND WIE ICH WÄRE SOWIESO NICHT DIE RICHTIGE PERSON FÜR DIE NACHFOLGE.

IN ORDNUNG.
WENN WIR AUF DIESE ART LEBEN KÖNNTEN…
WENN DU DOCH ZU-MINDEST EIN MANN WÄRST, MICCHI…
DAS STIMMT DOCH NICHT.

WIR HABEN UNS GETROFFEN, WEIL WIR BEIDE MÄDCHEN SIND.
UND ICH LIEBE DICH, WEIL DU EIN MÄDCHEN BIST, KIYO.
WEIL DU ES BIST...
... WAR ICH BEREIT, MEIN LEBEN FÜR DICH ZU GEBEN.

AB JETZT WERDE ICH DIR DEN REST MEINES LEBENS SCHENKEN.

LASS UNS ZURÜCK.
ES IST SCHON DUNKEL.
WIR SOLLTEN BESSER IN BEWEGUNG BLEIBEN.

EIGENTLICH WOLLTEST DU DIE GANZE ZEIT GAR NICHT STERBEN, ODER?
ES WAR MIR EHRLICH GESAGT EGAL…
WENN DU ERNSTHAFT STERBEN WOLLEN WÜRDEST, WÄRE ICH GERNE ZU-SAMMEN MIT DIR GESTORBEN.
ABER DA ES DOCH NICHT SO GEWORDEN IST…
… BIN ICH UNFASSBAR GLÜCKLICH, DASS DU WEITERLEBEN WIRST, KIYO.
…
WARUM GEHST DU SO WEIT?
DAS IST…
… SO…

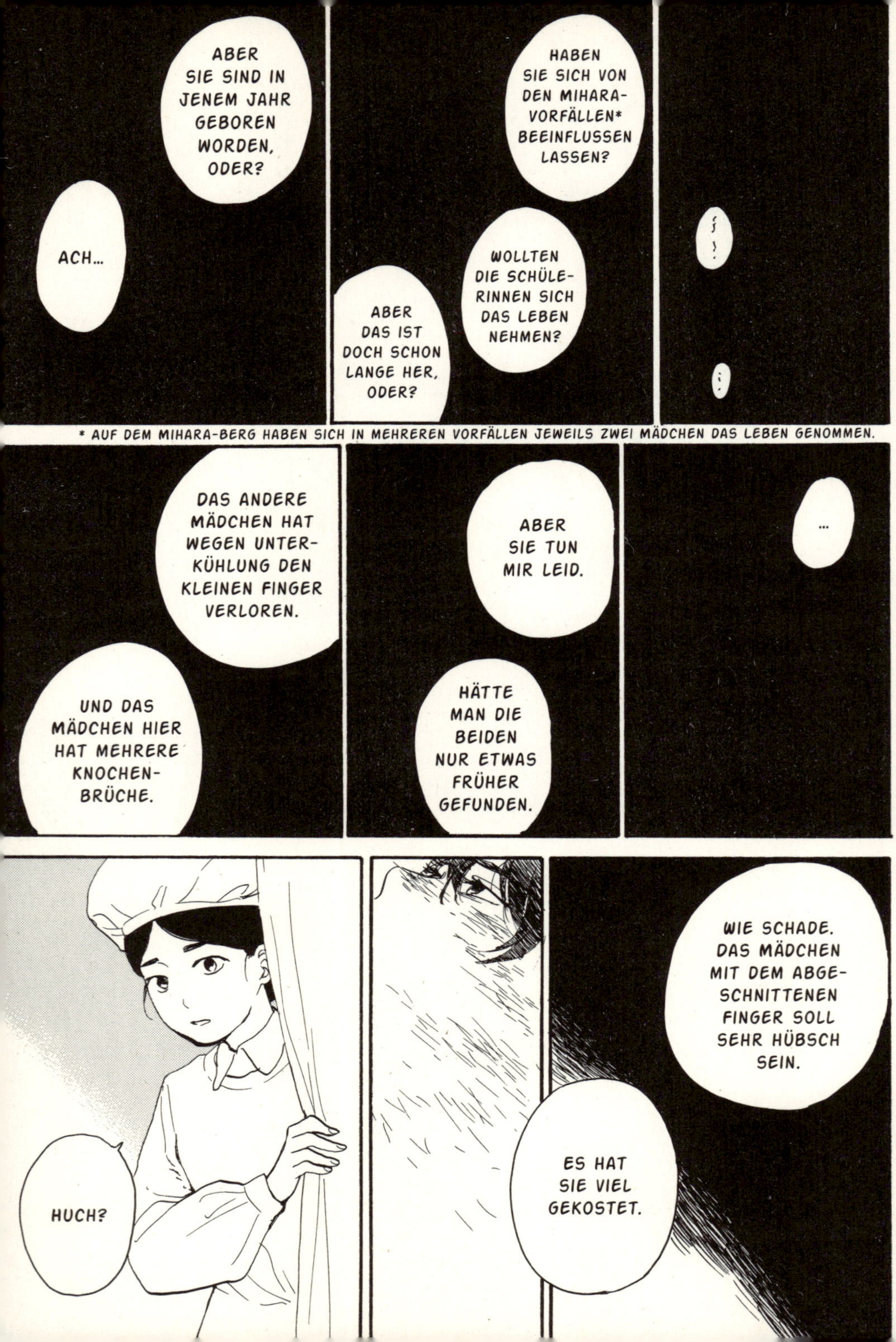
ABER SIE SIND IN JENEM JAHR GEBOREN WORDEN, ODER?
ACH…
HABEN SIE SICH VON DEN MIHARA-VORFÄLLEN* BEEINFLUSSEN LASSEN?
WOLLTEN DIE SCHÜLERINNEN SICH DAS LEBEN NEHMEN?
ABER DAS IST DOCH SCHON LANGE HER, ODER?
* AUF DEM MIHARA-BERG HABEN SICH IN MEHREREN VORFÄLLEN JEWEILS ZWEI MÄDCHEN DAS LEBEN GENOMMEN.
DAS ANDERE MÄDCHEN HAT WEGEN UNTERKÜHLUNG DEN KLEINEN FINGER VERLOREN.
UND DAS MÄDCHEN HIER HAT MEHRERE KNOCHENBRÜCHE.
ABER SIE TUN MIR LEID.
HÄTTE MAN DIE BEIDEN NUR ETWAS FRÜHER GEFUNDEN.
…
WIE SCHADE. DAS MÄDCHEN MIT DEM ABGESCHNITTENEN FINGER SOLL SEHR HÜBSCH SEIN.
ES HAT SIE VIEL GEKOSTET.
HUCH?

HERR DOKTOR, FRAU SO-NODA IST WACH...
FRAU SONODA?
FRAU MITSU SONODA?

2019
ERNTEZEIT
#10

AUTSCH …
STIMMT… ICH BIN JA IN DEN BERGEN GESTÜRZT.
OMA.

GUTEN MORGEN.
SOLL ICH DIR ESSEN BRINGEN? ODER MUSST DU AUF DIE TOILETTE?
...
ICH ESSE GERNE ETWAS ...
WIE IMMER DANKE FÜR ALLES.

DIE DEMENZ WURDE IMMER SCHLIMMER, ABER IN LETZTER ZEIT SCHEINT ES SICH ZU FESTIGEN.
DAS FLÄSCHCHEN MIT DEM FINGER, DAS ICH IN IHREM ZIMMER FAND, HABE ICH WIEDER ZURÜCKGELEGT.

IST DAS OMAS FINGER?
ABER WENN ES DER FINGER VON JEMAND ANDEREM IST…
SELBST WENN DAS SO SEIN SOLLTE, KANN MAN DAS JETZT NICHT MEHR HERAUS-FINDEN.
WENN SIE BIS ZUM LEBENSENDE NICHTS DAVON SAGEN MÖCHTE, DANN WERDE ICH SIE AUCH NICHT DAZU DRÄNGEN.
MEINE OMA HAT EIGENTLICH NIE ETWAS VON IHREM LEBEN ERZÄHLT.
RIRI, WILLST DU MIT DEINER MUTTER DENN WIEDER HIER EINZIEHEN?
JA.
MAMA STREITET SICH MIT DER ANDEREN MAMA SOWIESO IM-MER NUR.
ACH JE. MEI-NER TOCHTER FEHLT ES NOCH EIN BISSCHEN AN LEBENSER-FAHRUNG…

ERIKO.
ES TUT MIR LEID.
WIE?

ERIKO, ICH KANN GUT VERSTEHEN, WENN DU SAUER AUF MICH BIST…
ICH WAR SO ABWESEND, WEIL ICH IN GEDANKEN IMMER BEI EINER ANDEREN PERSON WAR.
ABER EGAL. DANN TUE ICH SO, ALS WÄRE ICH SIE.
MAMA IST MIT RIRI NOCH DRAUSSEN…
EINE ANDERE PERSON?
…

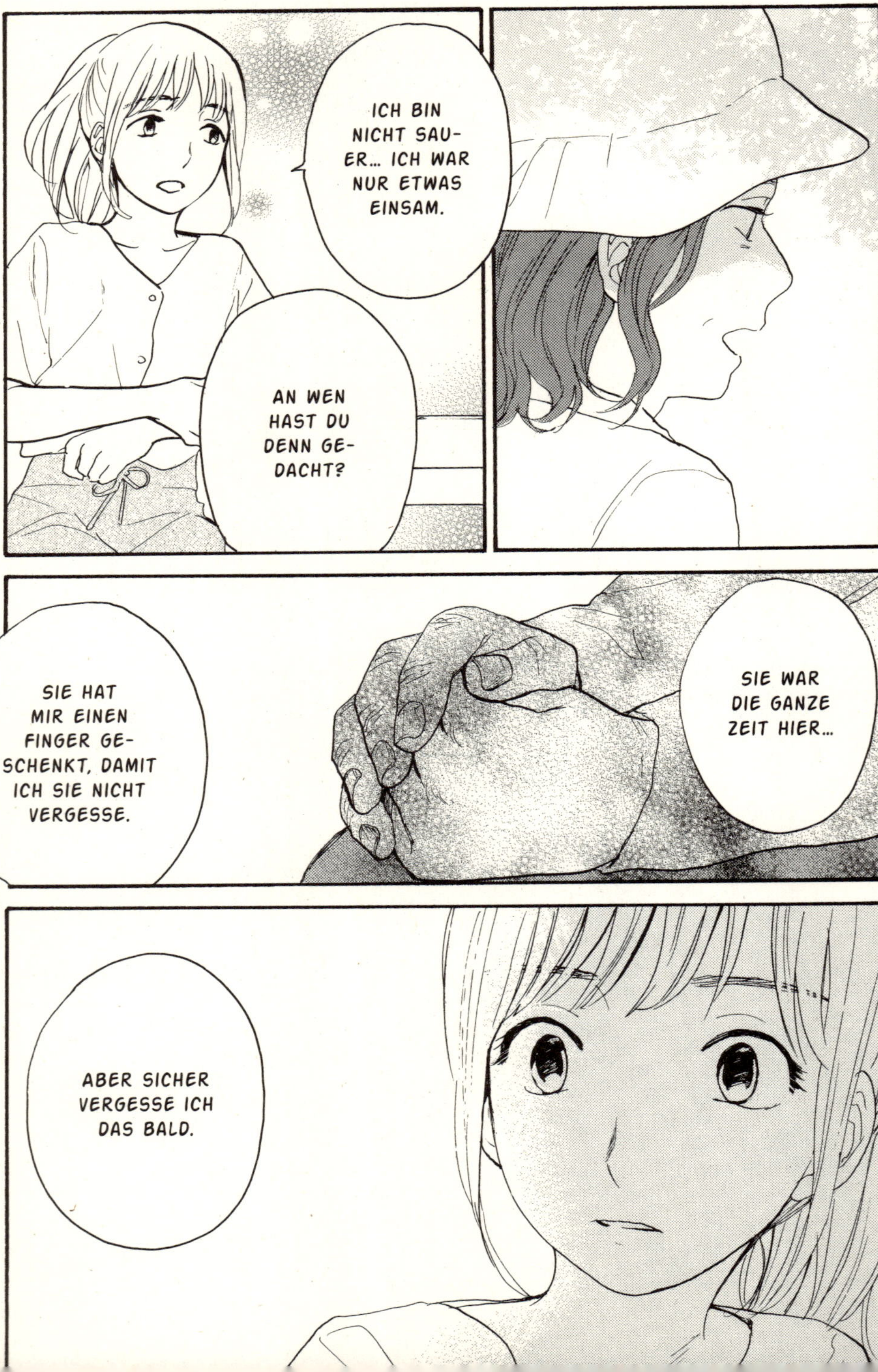
ICH BIN NICHT SAUER... ICH WAR NUR ETWAS EINSAM.
AN WEN HAST DU DENN GEDACHT?
SIE WAR DIE GANZE ZEIT HIER...
SIE HAT MIR EINEN FINGER GESCHENKT, DAMIT ICH SIE NICHT VERGESSE.
ABER SICHER VERGESSE ICH DAS BALD.

WARUM…
OMA, BIST DU…
WARUM FEHLT DIR DER FIN-GER?
ANNA, KOMM MAL KURZ.

RIRI IST HINGEFALLEN UND BRAUCHT EIN PFLASTER.
ACH JE.
WIE TAPFER, DASS DU NICHT WEINST.
RIRI, DA ÄHNELST DU WOHL EHER MEINER MUTTER ALS MIR.
WAS MEINST DU?
ACH, HAT SIE IHRE MEDIZIN GENOMMEN?
WIE?
ICH WEISS NICHT…
SIE LAG AUF DEM TISCH UND SICHER HAT SIE DAS VER-GESSEN.
BRING SIE IHR BITTE.

OMA.
ICH MACH DIE TÜR AUF.
...
DEINE MEDI-ZIN...
OMA?

OMA!
OMA!!

GING ES DER FRAU EBEN GUT?
WIE? WER DENN?
DA WAR DOCH EBEN DIESE ALTE DAME...

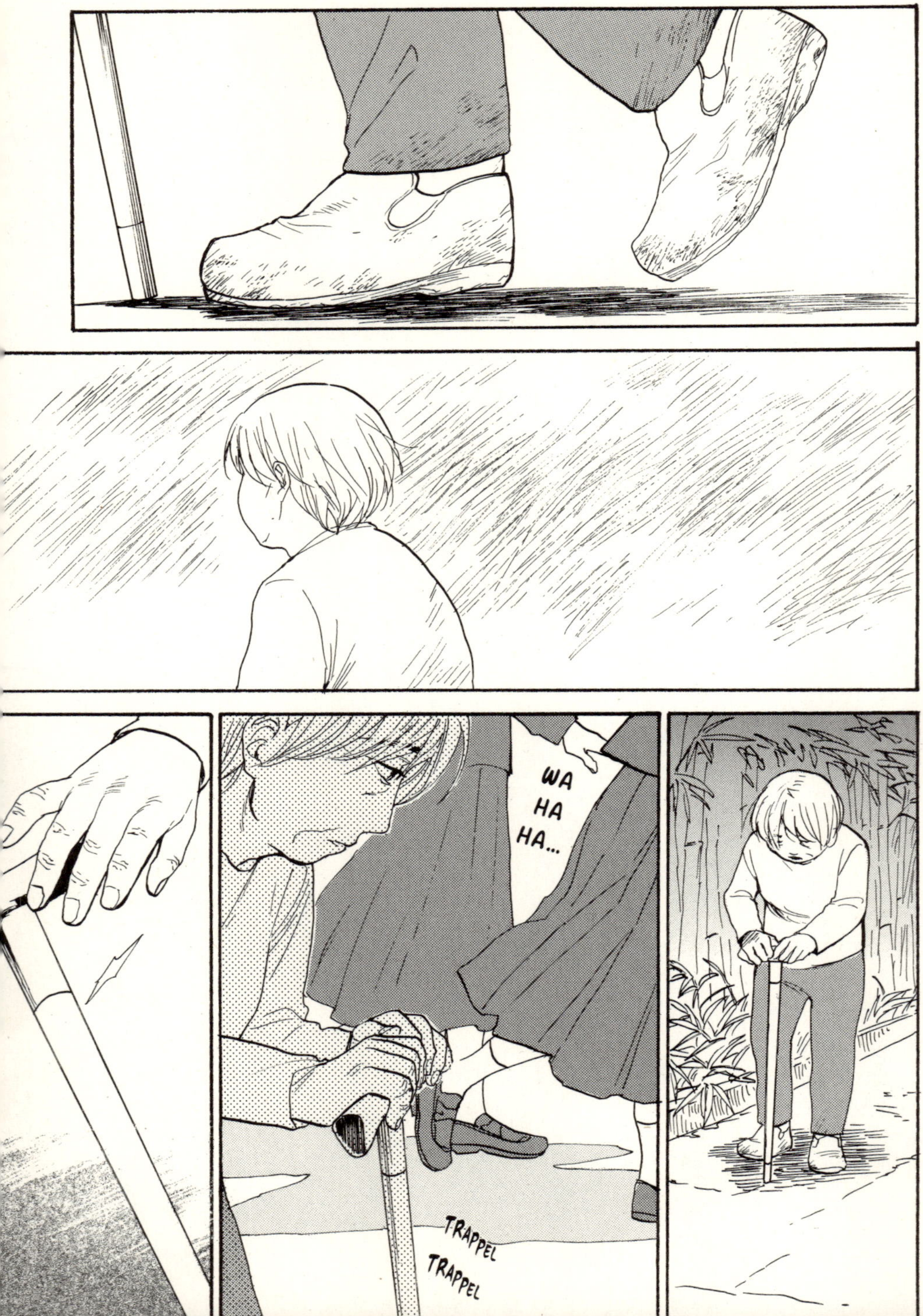
WA
HA
HA...
TRAPPEL
TRAPPEL

WAS FÜR
EIN FIASKO...

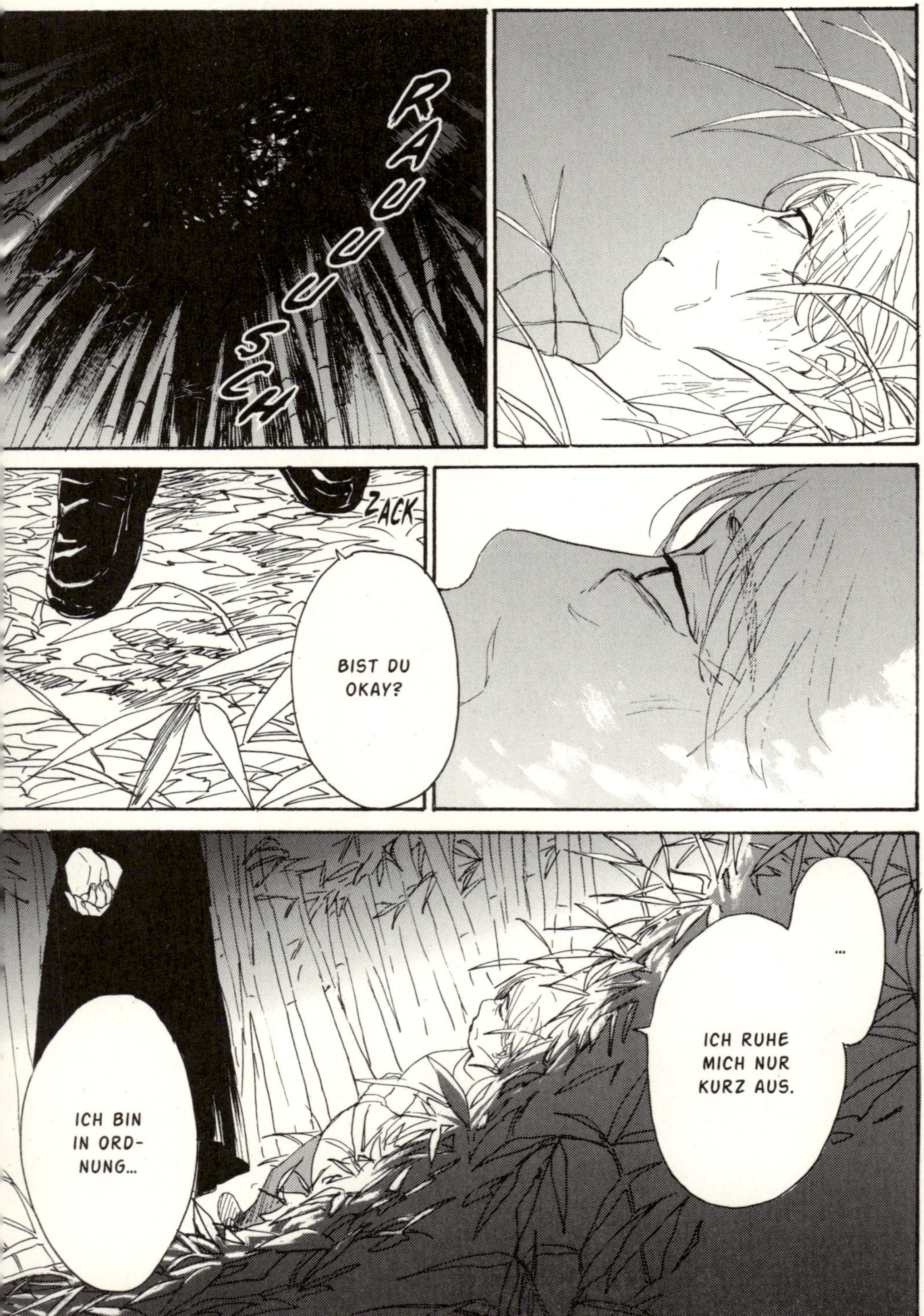
RAUUUSCH
ZACK
BIST DU OKAY?
...
ICH RUHE MICH NUR KURZ AUS.
ICH BIN IN ORD-NUNG...

HAST DU MICH ETWA SCHON VER-GESSEN…
… KIYO-CHAN?
WIE KÖNNTE ICH DICH JE VERGESSEN…
… MICCHI.

WOHIN WOLLTEST DU DENN GEHEN?
ICH WEISS NICHT...
ICH WOLLTE WIEDER NACH HAUSE, WEISS ABER DEN WEG NICHT...
DIE GANZE ZEIT...
... HATTE ICH EIN SCHLECHTES GEWISSEN, DICH IN MEIN LEBEN HINEINGEZOGEN ZU HABEN.
MIR IST GAR NICHTS GELUNGEN.
WEDER ARBEIT, NOCH EHE, DURCH-BRENNEN ODER DER SELBST-MORD...

MEIN GANZES LEBEN WAR EIN FEHL-SCHLAG...
ACH QUATSCH, KIYO. AUCH WENN ES NICHT SO LIEF, WIE DU ES GERN GEHABT HÄTTEST... DU HAST VIELE DINGE GESCHAFFT UND DEIN BESTES GEGEBEN.
DU HAST EIN KIND BE-KOMMEN UND GROSSGEZOGEN. DU HAST SOGAR EINE ENKELIN UND EINE UREN-KELIN...
SELBST SCHLECHTE ELTERN ZIE-HEN KINDER GROSS.
SAG DOCH NICHT WIEDER SO ETWAS...
WEISST DU, SELBST DAS LEID, DIE ÄNGSTE UND DIE TRAURIGKEIT, DIE SO OFT MEIN LEBEN BESTIMMT HABEN, SIND JETZT AUS DER DISTANZ FAST UNSICHTBAR GEWORDEN...
WIE EINE WEIT ENTFERNTE BERGKETTE.

WENN MAN DIE DINGE AUS DER FERNE BETRACHTET, VERSCHWIMMEN SIE MIT DEM HORIZONT UND LÖSEN SICH IN NICHTS AUF.
ES GIBT SO VIEL, WAS ICH AUS DEM BLICK VERLOREN HABE...
ABER IMMER WENN ICH MEINE HAND ANSAH...
... ERINNERTE ICH MICH SOFORT, DASS ES EINEN MENSCHEN GAB, FÜR DEN ICH BEREIT WAR, MEIN LEBEN ZU GEBEN.
UND DAS IST EIN UNBEZAHLBARER SCHATZ.
BIST DU ETWA WIRKLICH MICCHI?
IRGENDWIE SAGST DU EINFACH NUR DINGE, DIE ICH GERNE HÖREN MÖCHTE.
HAHA. BIN ICH EINE ILLUSION?

ICH BIN GERNE EINE EXISTENZ, DIE DEINE WÜNSCHE ERFÜLLT.
ICH NEHME DICH GERNE AN EINEN ORT MIT, AN DEN DU GEHEN MÖCHTEST, KIYO-CHAN.
WIR HATTEN UNS DOCH VERSPROCHEN, ÜBERALL ZUSAMMEN HINZUGEHEN.
STIMMT…
ABER…
… ES TUT MIR LEID, MICCHI.
ICH KANN MEINEN KÖRPER NICHT MEHR BEWEGEN.
NA GUT.

HEPP!

GENAU, SIE KANN NICHT GUT GEHEN UND HAT EINEN STOCK.
JA... JA.
SCHAU NUR, DER HIMMEL IST SO SCHÖN...
...
JA.
MAMA.
ER IST WIRKLICH SCHRECKLICH SCHÖN...

Ende

HARADA

ONE ROOM ANGEL

PREISGEKRÖNTER EINZELBAND

Kouki ist Anfang 30 und ein lustloser Loser, wie er im Buche steht. Eines Tages wird er bei einer Prügelei lebensgefährlich verletzt. Als er aus dem Krankenhaus entlassen wird und in seine Ein-Zimmer-Wohnung zurückkehrt, sitzt dort ein Engel und eröffnet ihm, dass er ab sofort bei ihm wohnen wird - warum das so ist, weiß dieser selbst nicht. Zwischen den beiden entfesselt sich eine ungewöhnliche und intensive Freundschaft – und nicht nur Kouki schöpft neuen Lebensmut...

Slice of Life • ab 14 Jahren
Paperback • schwarz-weiß
240 Seiten • 14,5 x 21 cm
Einzelband

HAYABUSA
www.hayabusa-manga.de

hayabusa_manga HayabusaTweets

bei CARLSEN MANGA!

12 Jahre *von Nao Maita*

Hanabi und ihre Freunde gehen in die sechste Klasse – erwachsen sind sie noch nicht, aber auch längst keine kleinen Kinder mehr! Neben der Schule drehen sich viele Fragen um das Thema Jungs und Mädchen. Ist Hanabi etwa verliebt? Wie fühlt sich küssen eigentlich an? Und wie geht das überhaupt? Fragen über Fragen in einem ganz besonderen Alter – willkommen im turbulenten Leben einer Zwölfjährigen!

Maid-sama *von Hiro Fujiwara*

Misaki hasst Männer! Als Schulsprecherin schreckt sie deshalb auch nicht davor zurück, ihre Mitschüler in die Schranken zu weisen und ihnen Manieren beizubringen. Doch nach dem Unterricht schlüpft sie in eine andere Rolle: In einem Maid-Café muss sie Männer in einer Dienstmädchenuniform bedienen und hoffen, dass keiner ihrer Mitschüler von ihrem etwas devoten Nebenjob erfährt…

Orange *von Ichigo Takano*

»Liebe Naho…« … nicht ungewöhnlich, dass ein Brief an Naho mit dieser Anrede beginnt. Aber da will doch jemand tatsächlich Naho Takamiya weismachen, dass ihr zukünftiges Ich sich selbst diesen Brief geschrieben haben soll!! Ein Brief aus der Zukunft?! Naho glaubt das erst nicht, doch dann geschehen die Dinge wirklich so, wie sie in dem Brief beschrieben wurden. Etwas Schlimmes scheint sich in ihrem Leben heranzubahnen, und sie beschließt, das Schicksal zu ändern…

Haru x Kiyo *von Akira Ozaki*

Koharu ist ziemlich großgewachsen für ein 15-jähriges Mädchen (1,80 m!), fühlt sich aber sonst ziemlich normal. Sie hat keine besonderen Talente und ihre Schulclique ist auch so normal und dramafrei, wie man es sich nur wünschen kann. Da sie auch alle Jungs um Längen überragt, glaubt sie nicht, dass sie jemals einen Freund finden wird, bis sie eines Tages auf den »schwierigen« Kiyoshiro trifft. Unhöflich und fast zwei Köpfe kleiner als sie bringt er das ruhige Leben der schüchternen Koharu gehörig durcheinander…

Shojo-Highlights

Please Love Me *von Aya Nakahara*

Michiko ist arbeitslos und knapp bei Kasse. Trotzdem trägt sie die Sonne im Herzen – sieht sie doch ihr ganzes Glück in der Beziehung zu ihrem Freund. Michikos wunderbare Welt kracht zusammen, als sie mitbekommt, dass er nur wegen des Geldes mit ihr zusammen ist. Deprimierter Single mit Geldproblemen wollte sie in ihrem Alter eigentlich nicht mehr sein und deswegen macht sie sich auf die Suche nach einer neuen Stelle… und nach einem neuen Freund?

Anonymous Noise *von Ryoko Fukuyama*

Nino, die für ihr Leben gern singt, erlebt als Kind zwei schwere Trennungen – die von ihrer ersten Liebe, Momo, und die von Yuzu, einem Jungen, der eigene Lieder schreibt. Beide haben Nino jedoch ein Versprechen gegeben: Irgendwann werden sie sie anhand ihres Gesangs wiederfinden! Also singt Nino sechs Jahre lang weiter, bis sie auf die Highschool kommt. Wie werden sich die Gefühle der Helden, die von unerwiderter Liebe und Musik bestimmt werden, weiterentwickeln…?

Skip Beat! *von Yoshiki Nakamura*

Kyoko Mogami ist ein unauffälliges und fleißiges Mädchen. Nach dem Abschluss der Mittelschule folgt sie ihrem Freund Sho Fuwa nach Tokyo – in der Hoffnung auf eine gemeinsame Zukunft und um ihn bei seiner Popstar-Karriere zu unterstützen. Als Kyoko eines Tages durch Zufall erfährt, dass Sho sie nur als »Dienstmädchen« benutzt, schwört sie Rache! Und was gäbe es da Besseres, als Sho im Pop-Business Konkurrenz zu machen?!

Takane & Hana *von Yuki Shiwasu*

Aus einem Omiai wird eine Love-Comedy! Weil ihre ältere Schwester sich weigert, geht die Oberschülerin Hana Nonomura als Stellvertreterin zum Omiai mit Takane Saibara, dem Kronprinzen der Firma, für die Hanas Vater arbeitet. Takanes arrogantes Verhalten bringt Hana zum Ausrasten – doch statt Funkstille folgt etwas Unerwartetes: Takane verkündet »Du gefällst mir!« und geht mit Hana aus…! Wird dieses Omiai zu einer Beziehung führen oder nicht…?

Was bleibt von unseren Träumen?
ist eine japanische Serie, und in Japan wird von hinten nach vorn umgeblättert und von rechts oben nach links unten gelesen.
Wir wünschen spannende Unterhaltung!

Wir produzieren nachhaltig

- Klimaneutrales Produkt
- Papiere aus nachhaltigen und kontrollierten Quellen
- Hergestellt in Europa

FSC www.fsc.org MIX Papier | Fördert gute Waldnutzung FSC® C014496

CARLSEN MANGA
Deutsche Ausgabe/German Edition

Aus dem Japanischen von Lasse Christian Christiansen
"Yume no hashi-bashi" vol.1 / vol. 2

Redaktion: Britta Hellwig • Textbearbeitung: Ina Schiele • Herstellung: Derya Yildirim
 • ISBN: 978-3-551-71469-5